KB037240

사랑하기 위한 일곱 번의 시도

사랑하기 위한 일곱 번의 시도
ⓒ막심 빌러, 2008

지은이 막심 빌러 | 옮긴이 허수경 | 펴낸이 우찬규 | 펴낸곳 도서출판 학고재
초판 1쇄 인쇄일 2008년 9월 1일 | 초판 1쇄 발행일 2008년 9월 8일
등록 1991년 3월 4일(제1-1179호) | 주소 서울시 종로구 계동 101-12 신영빌딩 1층
전화 편집(02)745-1722/3 | 관리/영업(02)745-1770/1776
팩스 (02)764-8592 | 이메일 hakgojae@gmail.com
주간 손철주 | 편집 손경여 · 강상훈 | 기획 김미영 | 디자인 문명예
관리/영업 김정곤 · 박영민 · 이창후 · 이현주 | 인쇄 독일P&P

ISBN 978-89-5625-081-6 03850

※ 가격은 뒤표지에 있습니다.
※ 잘못된 책은 구입처에서 바꿔드립니다.

사랑하기 위한 일곱 번의 시도

막심 빌러의
짧은 이야기

허수경 옮김

학고재

•

차례

아마도 이 모든 것은 칠월에 일어나지 않았을까,

보리수나무에 꽃이 피니 말이다.

보리스 파스테르나크, 「책에 부치는 편지」에서

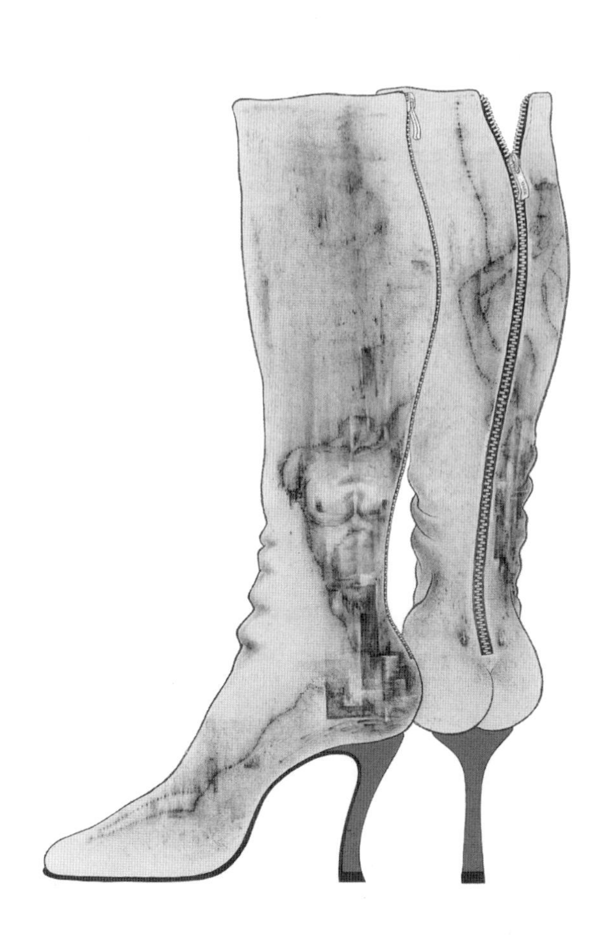

크고

푸른,

흔들리는

잎들

남자는 석 달 동안 여자를 기다렸다.

사진을 정리하고 책들을 서가에 나란히 꽂아두었다. 몇몇 가구를 옮겨도 보았다. 그리고 계속해서 기다렸다. 여태껏 받았던 모든 편지들을 다시 읽었다. 그리고 대부분의 편지들은 버렸다. 커다란 인도 지도를 하나 사서는 침대 위에 걸어두었다. 아니, 지도를 사진 않았다. 하지만 기다리는 동안 정말 그러고 싶었다. 기다리고 또 기다렸다. 그사이 기다림에 대한 이야기를 쓰기 시작하기도 했다. 내가 너를 어떻게 기다렸는가에 대한 이야기. 하지만 끝이 어떨지 알 수 없었기에 곧 그만두었다. 마지막에는 아무것도 하지 않았다. 심지어 기다림도 잦아들었다. 잠은 점점 줄었고 빵과 토마토, 슈퍼마켓에서 파는 누런 치즈만을 모래처럼 껄끄럽게 목에 넘기곤 했다. 드디어 여자가 돌아왔다. 그들은 남자의 집 소파에 나란히 앉았다. 말을 시작한 건 여자였다.

"긴 시간이었어."

남자는 가능한 한 말을 하지 않으리라 단단히 결심을 했었다. 그런데도 말문은 저절로 열렸다.

"그래, 긴 시간이었지."

여행 동안 여자는 말랐나 보다. 마른 모습은 그러나 예전보다 못했다. 피곤하다고도 했다. 하지만 그녀는 언제나 피곤했다. 더 이상 피곤하지 않으려고 그녀는 길을 떠나기까지 했다. 그리고 이제 더 지친 몰골로 돌아온 것이다. 나이도 더 든 것 같았다. 나이가 더 들어 보이는 건지 아니면 진지해진 건지 그도 아니면 더 강해진 것인지 남자는 정확히 알 수 없었다. 늙은 여자들에게서나 볼 수 있는 잿빛 그늘이 햇빛에 그을린 살갗 위로 드리워 있었고 미소는 너무나 진지하고 사려 깊었다. 그리고 광대뼈는 예전보다 더 도드라져 보였다.

여자는 일어서서는 나가더니 얼룩덜룩한 봉지를 들고 되돌아왔다.

"선물이야."

"고마워." 남자는 봉지를 열어보았다. 마호가니로 만든 검고 자그맣고 통통한 코끼리 한 마리가 들어 있었다.

"뭐 마실래?" 그가 물었다.

"물."

"와인 사두었는데."

"아니, 물."

남자는 천천히 일어났다. 남자의 다리가 여자의 다리를 가볍게 스치고 지나갔다. 인사차 건성으로 주고받은 입맞춤 말고 이렇게 피부가 서로 닿아보는 것은 석 달 만이었다.

"진짜 물만 마셔?" 부엌에서 남자가 물었지만 여자는 대답하지 않았다.

"차게, 아님 그냥?" 남자는 다시 물었다.

"그냥." 그녀는 그제야 나직하게 대답했다.

창고에서 새 물 박스를 끄집어내다가 다시 발로 제자리에 밀어두었다. 그러고는 지난 여섯 주 동안 부엌탁자에 놓여 있던 와인 병을 열었다. 잔과 병을 들고 거실로 가기 전 남자는 바지주머니에서 코끼리를 꺼내서 쓰레기통에 던져버렸다.

"요르디, 와인은 안 마시겠다고 했잖아."

"그래, 와인을 마시기엔 좀 이른 시간이긴 해."

"그곳에서 술은 입에도 대지 않았어."

"저런, 안됐네."

"아니. 괜찮았어."

"아니. 안된 일이야."

남자는 먼저 자기 잔에다 술을 따르고 여자의 잔도 채웠다. 그리고 잔을 부딪쳤다. 건배를 할 때는 눈을 마주쳐야 하는데도 여자는 남자의 눈을 바라보지 않았다. 그저 아주 조금 한 모금을 넘기더니 부엌으로 가서 물 한 병을 가져왔다. 여자는 다시 소파에 앉았다. 조금 전과 마찬가지로 남자에게 적당한 간격을 두고서. 그리고 여행 이야기를 시작했다. 하지만 남자는 거의 귀를 기울이지 않았다. 지금 그녀는 어디에 있을까, 그곳은 어떤 모습일까, 여자가 여행을 하는 동안 그는 상상해보려고 애를 썼다. 망할 놈의 인도라니, 그게 나와 무슨 상관이 있단 말인가. 그냥 그녀가 어떤 결정을 내렸는지만을 알고 싶었다. 당연히 남자는 여자의 결정을 이미 알고 있었다. 하지만 그녀의 입으로 직접 듣고 싶었다. 그리고 여자도 조금은 시달렸기를, 당신에게 상처주는 거, 나도 싫어, 라고 직접 말해주기를 원했다. 아니, 우리, 결혼하지 않을 거야, 라고 그녀는 말할 것이다. 요르디, 이제 확실해졌어, 난 결혼을 원하지 않아. 그리고 우리가 다시 만날 일은 없을 거야. 그렇게 하자고 서로 말했잖아.

"당신, 날 그리워하기라도 했니?"

"아니, 요르디. 그리워하지 않았어."

"그럴 거라고 생각했어." 요르디는 고개를 끄덕였다.

"화났어?"

"아니."

"다행이다."

"그래."

"진짜? 진짜로 화나지 않았어?"

"아니라니까."

남자는 창문 너머를 바라보았다. 그녀가 떠날 무렵 광장 전체는 물론이고 저 너머 시온교회까지 볼 수 있었다. 그러나 지금, 나무들은 잎을 달고 있다. 창문 가득, 아름답고 크고 푸른 잎사귀들. 바람이 불면 나뭇잎들은 이리저리 흔들렸다. 요르디는 바다 속에서 흐느적거리는 해초들을 보는 것 같았다.

서로 너무 오랫동안 보지 않아서 그런 건 아닐까? 거의 서로를 안 시간만큼 그들은 떨어져 있었다! 남자는 그녀의 등 뒤 소파 위로 팔을 걸쳤다. 몇 분 동안 팔을 그대로 두었다가 치웠다. 자기 팔같이 여겨지지 않았기에.

"당신은?"

"나?"

"뭐 했어?"

"왜 석 달 동안 연락 한번 주지 않았어?"

여자는 깜짝 놀란 눈치였다.

"당신도 알잖아. 우리, 그러기로 한 거."

그래 맞다. 심지어 여자는 그때 이렇게 말했었다. "내가 그곳에 아주 눌러앉기라도 한다면 어떨까?" 남자는 괜찮다고, 당신은 매인 사람이 아니라고 대답했다. 설혹 우리가 더 이상 한마디도 주고받지 않게 되더라도 괜찮다고 덧붙였다. 하지만 그건 계산 끝에 나온 답변이었다. 그는 여자의 별자리가 사수자리라는 것을 알고 있었다. 사수자리 여자는 가두어두면 안 되었다.

"코끼리에 얽힌 이야기가 있어."

여자는 잠시 말을 멈추었다. 어떤 이야기야? 라고 남자가 묻기를 기다리고 있었다. 하지만 남자는 여자에게 들키지 않고 어떻게 코끼리를 쓰레기통에서 건져낼까 하는 궁리를 하느라 정신이 없었다.

"네 번째 코끼리야. 정말이야. 맹세해. 네 번째라고."

남자는 여전히 아무 말이 없었다. 그러더니 말없이 부엌으로 갔다. 쓰레기통으로 몸을 굽히기 전에 조심을 하느라 여자 쪽을 돌아다보았다.

"그전에 산 코끼리 세 마린 다 잃어버렸어!" 거실에 앉아 있던 그녀가 말했다. "상상이 돼? 세 마리를 다 잃어버리다니. 그게 무슨 암시는 아닐까?"

남자는 어쩔 줄 모르며 쓰레기통을 헤집었다. 하지만 코끼리는 찾을 수 없었다. 더 깊숙이, 축축하고 악취 나는 쓰레기 속으로 손을 넣어 마구 뒤졌다. 그러다 기어이는 쓰레기를 다 끄집어내어 바닥에 쏟아 부었다.

"내가 준 코끼리, 미운 놈이라는 거 나도 알아. 봄베이 공항에서 샀어. 잃어버린 코끼리들을 당신이 봤더라면! 얼마나 예쁜 놈들이었는데." 그녀는 거실에서 계속 말하고 있었다.

남자는 코끼리를 찾을 수 없었다. 땀을 뻘뻘 흘리며, 바닥에 널어놓은 지난 사흘 동안의 쓰레기 곁에 쪼그리고 앉았다. 갑자기 서늘해졌다. 내가 미쳤나? 만일 여자가 이 모습을 보기라도 한다면 당신, 완전히 미쳤니? 라고 말할 게 틀림없었다. 남자는 맨 손으로 널브러진 쓰레기를 그러모아서 쓰레기통으로 다시 집어넣었다.

"지어낸 말이야. 당신에게 뭔가 가져다줄 생각, 한 적 없어." 어느새 여자는 남자 뒤에 서 있었다. "당신을 아주 잊고 지냈어."

남자는 여자 쪽으로 머리를 돌려 올려다보았다. 그녀는 손으로 남자의 머리칼을 쓰다듬었다. "그러다 봄베이 공항에서 다시 당신 생각이 나더라…. 아니, 벌써 코끼릴 버렸어?"

"응."

"그렇담 이제, 무승부네." 여자는 무릎을 꿇어 남자 곁에 앉아서는 쓰레기 모으는 일을 거들었다. 그 일은 금방 끝났다. 둘은 함께 욕실로 가 손을 씻었고 거울 속에 비친 자신들의 모습을 바라보다가 함께 미소를 지었다.

"잠깐 나가 있을래?"

남자가 욕실에 있어도 그녀는 아랑곳없이 오줌을 누곤 했다.

그전에는 그게 그렇게 싫었다. 하지만 지금, 그녀는 남자가 욕실 바깥으로 나가지 않으면 무슨 짓이라도 다 할 것만 같았다. 문을 닫고 나와서는 거실로 갔다. 소파에 앉았다가 바로 일어나서는 음악을 켰다. 두어 번 그녀와 함께 이 음악을 들은 적이 있었다. 얼른 꺼버렸다. 다시 소파에 앉아서 창문을 바라보았다. 바람 속에서 흔들리고 있는 크고 푸른 잎들을 바라보았다. 갑자기 기분이 그렇게 나쁘지만은 않았다. 마치 자기가 어떤 여행에서 돌아온 것 같았다. 아주 좋았으나 힘들기도 했고 종종 심심하기도 했던 여행. 다시 돌아왔다. 언제나 멀리 그리고 또 멀리 차를 타지 않아도 되고, 몇 년 동안 앉아 있었던 이 소파 위에 그냥 앉은 채 머물러 있어서 참 좋다. 크고 푸른 나뭇잎들을 내 창문을 통해 바라보는 즐거움. 그리고 잎에 가려 있는 교회를 바라볼 수 있을 때까지 잎들이 다 질 시간을 기다리는 재미. 그리고 곧 나뭇잎들이 다시 자라나기를 기대하는 마음.

그녀가 떠나기 전 둘은 다시 한 번 이 소파 위에서 서로의 몸을 안으려고 시도했다. 아니 그가 그러기를 원했다는 표현이 옳을 것이다. 그녀는 그냥 따라 하기만 했다. 그러다 갑자기 벗은 상체를 팔로 가렸다. 남자는 여자의 배를 손으로 어루만졌으나 그녀는 절망스럽게 다리를 오므리기만 했다. 실망한 남자는 그녀에게서 몸을 돌렸다. 당신 얼마나 비열한지 알아, 이런 식으로 날 벌주려고 하는 거 말이야, 라고 그녀는 말했다. 그녀가 비행기를 타고 떠난 뒤 남자는 문자 메시지를 보냈다. 미안하다고 썼다. 취리히에서 다음 비행기를 기다리면서 그녀는 메시지를 보기는 했을까, 아마도 보지 않았을지 모른다.

그녀는 얼마나 더 오래 화장실에 머무를까? 보통은 아주 짧게 오줌을 누곤 했다. 아주 짧으나 아주 잦은 화장실 출입에 그는 언제나 놀라움을 금치 못했다. 때때로 그도 자주 화장실에 가곤 했지만 신경이 곤두서 있을 때뿐이었다. 그렇다면 그녀는 언제나 신경이 날카로웠다는 뜻이다. 오늘, 그녀는 화장실을 단 한 번도 찾지 않았었다. 그녀를 안 이후로 처음 있는 일이었다. 그리고 첫 화장실행. 벌써 두 시간이 지났다. 그러니까 보통 때처럼은 신경이 날카롭지 않았다는 뜻이리라! 이 생각을 하자마자 이번에는 그가 신경이 날카로워졌는지 오줌이 마려웠다.

그는 한동안 소파에 앉아 있었다. 십 분이나 지났을까, 참지 못하고 남자는 욕실로 갔다. 문은 닫혀 있었다. 노크를 했다. 대답이 없었다. 더 크게 노크를 했다. 마침내 여자의 목소리가 들렸다.

"여기에 있어, 나." 그녀가 나직이 말했다.

"어디?"

"여기." 그녀는 더 나직이 말했다.

목소리는 침실에서 들려왔다. 옷을 입은 채 여자는 남자의 침대 위에 누워 있었다. 남자가 방으로 들어왔을 때 여자는 말했다.

"그래, 우리 결혼해."

남자가 늘 누워 있던 자리에 여자는 누워 있었다. 몸을 옆으로 누이고 머리는 베개에 올리고 두 손을 그 사이로 집어넣고는, 진지하고도 슬프게 남자를 바라보았다.

사랑하기
위한
일곱 번의
시도

첫 번째 만남.

둘은 스라비코바 체코 프라하에 있는 지명에 있는 유치원에 나란히 앉아서 점심을 먹으며 식탁 아래로 서로의 작은 비밀을 보여주었다. 그녀는 단지 아주 조금 다리를 벌리면 되었고 그는 바지단추를 열었다. 유치원은 항상 어두컴컴했으므로 잘 보이지는 않았다. 점심식사가 끝나고 난 뒤 아이들 모두는 큰 침실로 갔다. 이르카는 아레나 뒤를 천천히 따라왔다. 그리고 자기 침대가 아레나 옆에 놓여 있지 않아 슬펐다. 그 뒤 둘은 함께 놀았다. 그건 기억이 나는데 무슨 놀이를 함께 했는지는 더 이상 기억이 없다. 부모가 그들을 데리러 왔을 때 둘은 작별인사도 나누지 않았다. 서로 딴 곳만을 바라보았다. 다음날 둘은 한마디도 나누지 않았다. 며칠이 지나고 난 뒤 아레나는 제 팔을 검붉게 변할 때까지 꼬집었다. 그러고는 아프다고 있는 힘을 다해 비명을 질러대었다. 드디어 유치원 보모가 그녀를 안아주었을 때 이르카가 그랬어요, 이르카가요, 훌쩍거리며 거짓말을 했다.

아레나와 이르카는 비노흐라디프라하에 있는 지명에서 자라난 아이들이었다. 그 당시에는 그나저나 아무 상관이 없었으나 어른이 되고 난 뒤에는 그 사실이 종종 떠오르곤 했다. 그는 부모와 함께 마네소바에서 살았다. 마네소바는 투명한 시계가 걸린 사각형 모양의 교회가 있는 광장 위쪽에 있었다. 그의 방 창문이 열려 있을 때면 비노흐라드스카 거리를 달리는 전차소리가 들려오곤 했다. 그녀는 쇼피노바에 살았다. 공원으로 오기 위해 그녀는 쇼피노바를 지나오기만 하면 되었다. 그곳에서 둘은 자주 마주치곤 했다. 그와 그녀의 가족들이 1968년에 서유럽으로 도망치기 직전, 도시 전체를 내려다볼 수 있는 공원의 한구석에서 그는 아레나와 마주쳤다.

늦은 여름이었다. 성城은 지는 해에 보랏빛으로 물들어 있었다. 아레나는 친구들과 함께 아스팔트길에서 천국과 지옥 놀이를 하고 있었다. 여자아이들은 파랗고 노란 분필로 땅위에 선을 그어놓고는 한쪽 다리만으로 콩콩거리며 선과 선 사이를 오락가락

했다. 이르카가 어머니와 함께 지나갈 때 아레나는 알아보지 못한 모양이었다. 스포츠공원에 이르렀을 때야 아레나의 부르는 소리가 들렸다. 그는 몸을 돌렸다. 아레나가 그를 향해 뛰어왔고 앞에 멈춰 서더니 말했다. “우리 곧 떠나, 이르카.” 그는 대답하지 않았다. 다만 그의 어머니가 들킬세라 나직이 아레나에게 일러주었다. “얘야, 누구에게도 말해서는 안 된다.” 자기 부모에게도 이미 그런 계획이 있다는 것도, 그리고 아레나를 곧 프리드란드독일 니더작센 주에 있는 지명으로 이곳에는 전 세계에서 모여드는 난민들을 위한 임시수용소가 있다. 1960년대 당시 동유럽 망명지원자들은 이곳에서 첫 서유럽 생활을 시작했으며, 독일인들은 이곳을 ‘자유를 위한 문’이라고 불렀다에 있는 난민수용소에서 만나게 되리라는 것도 그는 그때 알지 못했다. “그럼, 잘 가.” 이르카는 아주 오랜만에 다시 어머니의 손을 잡았다가 얼른 다시 뺐다.

프리드란드에서 아레나의 식구는 수용소 입구에서 가장 가까운 가건물에 살았다. 아마도 입구 쪽에서 사는 게 그곳을 빨리 벗어날 수 있다는 희망을 그들에게 주었나 보다. 이르카네 가족이 겨울 무렵 그곳에 도착했을 때 그들은 여전히 프리드란드에 있었다. 둘은 며칠이 지나고 나서야 서로를 찾을 수 있었다. 서로 볼 수 없었던 반년 동안 아레나는 훌쩍 키가 자랐고 작은 젖가슴이 돋아나 있었으며 밝은 파란빛이 나는 짧은 치마를 자주 입었다. 그것은 프라하에 살 때 그녀의 어머니가 입었던 치마였다. 이르카는 더 이상 그녀를 좋아하지 않았다. 하루 종일 그녀는 책만 읽었다. 책을 읽지 않을 때도 마찬가지였는데, 그녀는 언제나 다른 곳에 있는 듯했다.

"아레나, 오늘 뭐 할 거니?"

묵묵부답.

"우리 시내로 나가서 영화나 볼래?"

"영화관에?"

"그래."

"잘 모르겠는데…."

"아레나, 방 안에만 처박혀 있으면 따분하잖아."

"뭐라고?"

"아니, 아무것도 아냐."

침묵.

"생각 바꿔. 우리 영화 보러 가자."

다시 묵묵부답.

그 이듬해 초에 이르카 식구들이 프랑크푸르트로 거처를 옮길 때 아레나는 그에게 가지고 있던 체코 책 한 권을 선물했다. 책표지에는 길고 검은 머리칼을 가진 어린 여자가 있었다. 여자는 마치 하프를 거꾸로 돌려서 얼굴을 감싸고 있는 것처럼 보였다. 파란 눈과 검은 입을 가진 여자였다. 이르카는 그 책을 새로 꾸민 자기 방 책꽂이에 꽂아두었다. 가끔 아레나 생각이 나면 책을 끄집어내어 바라보기도 했다. 시간이 흘러가면서 책을 서가에서 빼오는 일이 점점 줄어들었다. 이 년, 혹은 삼 년 만에 한 번, 아니면 우연히 이르카의 손에 잡히곤 했다. 그의 회상 속에서 아레나는 책표지 속의 여자처럼 여겨졌다. 공부를 하기 위해 뮌헨으로 떠날 때 그는 책을 함께 가지고 갔다.

아레나 역시 뮌헨에서 공부를 하려고 했다. 그녀의 부모는 아레나가 뮌헨에 가기 전에 이르카의 부모에게 전화를 했다. 그럼요, 아레나가 등록을 하러 뮌헨으로 오면 이르카에게 머무르면 되죠, 걱정 마세요.

그녀는 사흘 동안 뮌헨에 머물렀다. 처음에는 서로 잘 알아보지 못했다. 그다음, 둘은 빠르고 높은 억양의 체코말로 뒤죽박죽 말을 나누었고 그다음, 그다음부터는 갑자기 더 이상 혼자가 아닌 것처럼 여겨졌다. 이르카는 아레나를 데리고 아달베르트 거리로 갔고 그녀가 등록을 할 때 예술아카데미에 있는 식당과 베네치아도 보여주었다. 둘은 한 침대에서 잠을 잤다. 마지막 밤에 이르카는 그녀에게 입맞춤을 하려고 했다. 그녀는 투명한 잠옷을 입고 있었고 그는 그녀의 가슴에 손을 얹었다. 젖가슴은 더 이상 프리드란드에서처럼 작지 않았다. 그녀는 입맞춤에 아무런 반응을 보이지 않고 그의 손을 슬그머니 내려놓기만 했다. 그 다음날 아침 일찍 그녀는 부모가 있는 함부르크로 떠났다. 학기가 시작될 때까지 그곳에 있을 작정이었다. 그녀는 입맞춤에 대해서는 한마디도 하지 않았다. 하지만 이르카는 부끄러워서 견딜 수가 없었다. 그녀를 사랑하지도 않으면서 그런 어설픈 짓을 하다니. 문이 닫혔을 때 이르카는 문득 이런 생각을 했다. 아레나는 책표지의 여자와 너무 닮았어.

예술가의 집에서 열린 영화제에서 둘은 갑자기 나란히 서 있었다. 꽤 나중에 일어난 일이었다. 그날 이후로 둘은 연인이 되었다. 보통 때라면 일 년에 한 번 정도 서로 마주치는 게 고작이었다. 시내 어디, 아니라면 작은 제과점이 있는 아말리엔 거리, 그러고는 "잘 지내?" 라고 묻는 것이 다였다. 그때나 지금이나 따지고 보면 달라진 것은 아무것도 없었다. 넉 달 동안 둘은 연인이었다. 시작처럼 끝도 그렇게 왔다. 많은 말이 필요 없었다. 아레나는 신문방송학교로 이르카를 마중 나왔고 둘은 걸어서 시내를 지나서 이자르로 갔다. 그녀는 이르카의 손을 잡고 걷다가 어느 틈엔가 슬그머니 놓았다. 그때 그는 알았다, 더 이상 이 여자는 내 손을 잡지 않을 것이다. 나중에 그녀는 이르카의 책상에 앉았다. 책상 위에는 갱모자를 쓴 작은 소년의 커다란 얼굴 포스터가 걸려 있었다. 그녀는 회전의자에 앉아서 천천히 의자를 돌렸다. 그는 지하철역이 있는 요세프 거리까지 아레나를 배웅하러 나갔다. 그들이 크고 오래된 집들이 서 있는 이자벨라 거리를 지나가는 동안 그는 비노흐라디에 있던 크고 오래된 집들을 떠올렸다.

혁명이 일어나고 삼 주가 지난 뒤 그는 이미 프라하에 있었다. 〈벨트보헤〉 잡지에 혁명기사를 써야만 했다. 그리고 일을 마치고 난 뒤 뮌헨으로 돌아오면서 비노흐라디에 집이 한 채 있었으면 참 좋겠다고 생각했다. 그리고 아주 빨리 그런 생각을 잊어버렸다. 그러나 그다음 프라하로 갔을 때 다시 꿈은 되살아났다. 그는 이곳에 머물고 싶었다. 그리고 다시 뮌헨으로 돌아오면 일주일이 지나가기도 전에 그런 꿈을 꾸었다는 것도 잊어버렸다. 그러기를 여러 번, 그의 부모는 쇼피노바에 집을 샀다. 그다음부터 부모가 프랑크푸르트에 있으면 일을 하기 위해 몇 개월 동안 프라하로 떠나곤 했다. 때때로 마네소바에 있는 옛집 앞에 서서 그때와 마찬가지로 비노흐라드스카 거리를 지나가는 전차소리를 듣곤 했다.

생애의 첫 키스 후, 이르카는 열여덟 여자와 잠을 잤으며 아홉과는 그냥 입맞춤만 나누었고 셋과는 거의 모든 것을 해보았다. 세 명의 연인이 있었으며 한 번의 더 긴 정사도 있었다. 그 정사는 오늘까지 기회가 있을 때마다 새록새록 되살아나곤 한다. 그리고 아레나. 넉 달 동안의 연인. 아레나 역시 첫 입맞춤 이후 세 명의 남자친구가 있었으며 그 가운데 하나가 이르카였다. 그리고 다섯 번 어떤 남자와 입을 맞추었고 한 번은 하룻밤 정사까지 치르기도 했다. 그는 기대한 것보다는 나았다. 그리고 지금. 열두 살 많은 독일 건축가와 결혼을 했으며 아이는 없었다. 그리고 종종 이르카를 생각하곤 했다. 2002년 연초에 그녀는 처음으로 프라하로 다시 갔다. 흥분에 차 있었다. 그곳에서 우연히 이르카를 만났으면 하고 생각했다.

그녀는 시내에서 그와 마주쳤다. 테스코 앞이었다. 둘 다 22번 전차를 기다리고 있었다. 첫 몇 분 동안 아레나는 아무 말도 하지 않았다. 미소만 지으며 머리칼을 얼굴에서 떼어내고만 있었다. 전차가 도착했고 둘은 올라탔다. 전차가 빠른 속도로 달리다가 급정거를 했다. 승객들이 일시에 뒤편으로 쏠렸다. 아레나는 이 기회를 이용하기로 했다. 그녀는 이르카의 팔에 안겼으며 그는 여자를 꽉 잡았다가 천천히 놓아주었다. 평화의 광장에서 둘은 내렸고 옛 공원으로 갔다.

둘은 하루가 멀다 하고 만났다. 아침에 전화를 해서는 오후에 뭔가를 할 계획을 세웠고 때때로 저녁식사 시간까지 함께 있었다. 아레나도 쇼피노바에 살고 있었다. 그녀가 유년을 보낸 집이었다. 사십 년 동안 아직도 그곳에 살고 있는 이웃과 함께였다. 그녀는 4번지에 살았고 그는 12번지에 살았다. 그러므로 8번지 앞에서 만났다. 공평한 일이었다.

며칠이 지나고 난 뒤 이르카는 아침이면 수화기를 내려놓았다. 종종 그는 오후가 되어서야 아레나에게 답하는 전화를 걸기도 했다. 응, 일이 아주 많아. 미안해, 나가기에는 지금, 너무 피곤해. 한번은 사흘 동안이나 둘은 만나지 않았다. 그리고 이르카는 다시는 그녀가 전화를 하지 말았으면 하고 생각했다.

그녀는 전화를 하지 않았다. 찾아왔다. 그녀는 문 앞에 서 있었다. 흰 셔츠에 짧고 푸른 치마, 그녀는 그를 바라보았다. 그 모습은 그녀의 어머니, 그리고 이르카의 어머니와 꼭 같은 모습이었다. 1960년대의 거의 모든 체코 여자들이 그렇게 보인 것처럼. 엄격하고 섹시하고 실제 나이보다 더 늙어 보이는.

"나, 내일 떠나." 아레나는 말했다. 갑자기 모든 것이 예전 그 공원의 모습으로 돌아왔다. 아레나가 친구들과 천당과 지옥 놀이를 하던 그 공원. 이제 다시 그녀를 못 보겠지, 라고 이르카가 생각하던 그 공원.

"들어와." 이르카가 말했다.

"아냐."

"들어오라니까."

그녀는 들어왔지만 복도에 서 있기만 했다. 뭐 마실 거냐고 이르카가 물었을 때 그녀는 선 채로 물 한 잔만 마셨다.

"만나는 사람, 있어?"

"아니."

"그렇지 뭐, 그게 뭐 중요한 건 아니니까."

"그렇지, 그게 중요하지는 않아."

"나, 다시는 프라하로 오지 않을 거야."

"이해해."

그녀는 울기 시작하더니 몸을 돌리고는 갔다. 그는 문에 서서 그녀가 계단을 내려가는 소리를 들었다. 그리고 발코니에 서서 그녀의 뒷모습을 바라보았다. 그녀는 천천히 쇼피노바를 따라 내려갔고 세 걸음쯤 걷고 난 뒤 서서 울고는 다시 걷다가 다시 울면서 갔다.

마세라티와 보낸 나날들

아주 추운 날이었다.

그는 밤새도록 발코니 문을 열어두었다. 잠에서 깨어나 숨을 내쉬었을 때 입에서 작은 구름 같은 김이 새어나왔다. 그는 침대에 누워 온몸을 이불로 감싸고 얼굴만 드러낸 채 천정을 바라보면서 입김구름을 만들어냈다. 다섯 번만, 아니 열 번만 더, 그다음 일어나리라.

새벽 무렵, 떠나기 전에 그녀는 입맞춤도 하지 않았다. 남자를 슬쩍 건드리기만 했을 뿐. 남자가 위로 올라왔을 때도 그녀는 꿈적도 하지 않았다. 그러나 남자는 아주 가볍게 절정에 올랐다. 섹스가 끝나고 난 뒤에도 그녀는 입맞춤을 하지 않았다. 그는 금방 잠이 들었고, 몽비주 광장독일 베를린에 있는 광장에 있는 물을 길어 올리는 펌프만큼 큰 코로나 맥주병이 나오는 꿈을 꾸었다.

남자는 잠에서 깨어났다. 벌써 오후였고 그는 큰 코로나 병을 생각했다. 담배가 몹시 피우고 싶었으나 집 안 어디에도 없었다. 화장실에 갔다 와서는 전화기를 켜고 다시 침대에 훌러덩 누웠다. "응, 나야, 고양이 아저씨. 나 임신했어. 미안해, 이렇게 알려주게 되어서. 나, 지금 부모님 집에 가고 있는 중이야."

두 개의 문자 메시지도 있었다. 둘 다 영화제작부에서 보낸 것이었다. 메일함에도 소식이 와 있었는데 매번 목소리는 더 높아지고 있었다. "아니, 어디에 처박혀 있는 거야. 한시에 의상 입어봐야 하잖아. 여섯시까지는 사무실에 사람이 있을 테니 연락해!"

"응, 나야, 고양이 아저씨. 나 임신했어. 미안해, 이렇게 알려주게 되어서. 나, 지금 부모님 집에 가는 중이야."

지옥으로나 가버려! 남자는 다시 입김구름 하나를 띄웠다. 네 번째 입김구름.

그가 출연하는 영화에서 그들은 몇 년 동안 만나지 못한 세 친구였다. 한 녀석은 가수가 되었고 다른 녀석은 의사, 그리고 그 자신은 아무것도 이루지 못한 사내 역할을 맡았다. 어디로도 떠나지 않고 아직 부모 집에 살고 있으며 더 이상 잘생겨 보이지도 않았으나 꼼꼼히 살펴보면 옛 모습이 보이는 듯한 사내. 영화 속

어느 밤, 그 밤에 그들 셋은 바야흐로 전혀 다른 삶을 살게 될 수도 있었다. '거대한 변명', 정말 제목 좋다. 마치 할리우드 영화 같잖아.

아직 셰리주에스파냐 산 백포도주가 집 안에 있었다. 지난번 어머니가 왔을 때 요리에 쓰려고 사둔 술이었다. 어쩌면 포도주 한 병이 집 안 어딘가에 뒹굴고 있을지도 몰랐다. 하지만 담배 한 대가 더 나았다. 담배연기가 폐를 채우고 천천히 어지름이 밀려오면서 연기를 그냥 머금고 있고 싶은데도 다시 뱉어내야 하는 순간을 상상해보았다. 다섯 번째의 입김구름.

어쩌면 차를 팔아야 하지 않을까, 갑자기 그런 생각이 떠올랐다. 깜짝 놀랐다. 그런 생각을 다 하다니. 하지만 바로 그 생각을 그는 지금 하고 있었다. 매달 양육비를 치러야 한다면 더 이상 차를 유지하지 못할 거야, 차를 팔아야만 해. 아무튼 이 차는 더 이상 안 돼. 언제나 단방에 너무 빨리 달리려고 하잖아. 그러니 모터가 고장이 나지. 그러면 부루넨 거리에 있는 수리센터 인간이 와서 차를 끌고 가야 하고. 새 모터가 올 때까지 택시를 타야 하고. 그리고 모터 값은 웬만해야 말이지. 그랬다, 마세라티이탈리아의 스포츠카와 보낸 나날들, 그런 생각을 하면서 남자는 아주 잠시 슬펐다. 그러다가 화가 났고 다시 남자는 눈을 감고 잠이 들었다.

깨어났을 때 주위는 어두워져 있었다. 아주 어둡지는 않았으나 이미 어두컴컴했다. 잿빛, 푸르스름한 잿빛이 바깥에 내려앉아 있었다. 이런 빛은 11월 말이나 12월 초에나 있지. 오후 세시, 아니면 세시 반, 꼭 핀란드의 날씨처럼.

세시, 아님 세시 반. 좋다. 남자는 일어나 화장실로 갔고 돌아오는 길에 부엌으로 가서 큰 서랍 안을 들여다보았다. 어쩌면 담배가 있을지도 몰랐기에. 하지만 담배는 없었고 그는 이미 손에 셰리주 병을 쥐고 있었다. 하지만 병을 제자리에 두었다. 다시 침대에 누웠을 때 남자에게는 어린 시절의 느낌이 다시 돌아왔다. 일요일, 모든 식구들이 잠들어 있고 혼자서 집 안을 헤적거리다가 아무도 놀아주는 사람이 없어 침대에 돌아왔을 때, 그때의 침대보도 이렇게 완전히 차가웠었다.

둘은 그 문제에 대해서 단 한 번도 이야기를 나누어본 적이 없었다. 남자는 여자에게 묻지 않았고 그녀 역시 단 한마디도 하지 않았다. 그녀가 아무 말을 하지 않으면 그렇지, 이야기할 거리가 없는 거지, 그러니 아무 일도 일어나지 않을 거야, 라고 남자는 생각했다. 다른 여자와도 그랬었다. 문제가 있었다면 틀림없이 그녀는 남자에게 말을 했을 것이다. 적어도 그는 그렇게 생각했다. 하지만 얼마나 멍청한 생각이었는가. 그녀는 곤란한 상황을 피하고 싶을 때만 그에게 이야기를 했을 것이다. 그러니까 이야기할 일이 없든지, 아니면 곤란한 일을 그대로 당하고 싶었는지 몰랐다.

이탈리아 식당 카소라레에서 처음 그녀를 보았을 때 오래갈 관계가 아니라는 느낌을 남자는 받았다. 아니라면 아주 짧은 정사로 끝나거나. 그는 흘러가는 수로의 물을 바라보면서 여자를 위해서 잇달아 포도주를 시키고는 줄곧 그런 생각만 하고 있었다. 아마도 그 순간 그녀는 아주 다른 생각을 하고 있지는 않았을까? 검은 머리칼, 푸른 눈동자, 그리고 그 시선. 그 자리에서 단방에 다른 이들조차 슬프게 만들어버리는 그 시선. 그렇지, 저런 종류의 여자들은 나이가 들면 들수록 자주 저런 포즈를 짓는다니까. 그럴수록 침대 안에서는 부끄러움을 느끼지 않는 종류들이지. 그러니, 저런 종류 앞에서 부끄러움을 느낄 이유가 없는 거야.

전화가 울렸다. 그는 튀어 오르듯이 잽싸게 전화기 쪽으로 갔다. 영화제작부 누군가의 전화라는 걸 확인하고는 벨이 계속 울리도록 내버려두었다. 전화벨이 그치자 이번에는 의상담당 여자가 메시지를 보내왔다. 남자는 읽어보지도 않고 지워버렸다. 다시 침대로 돌아갔다. 그러고는 다시 일어나 발코니 문을 닫았다. 음악을 켰고 다시 침대에 드러누웠다. 엘 그린의 음악을 들었다. 아, 더 이상 엘 그린의 음악을 내 예쁜 차 안에서 듣지 못하겠구나. 아직도 방 안은 꽤 차가웠다. 남자는 이불을 무릎까지 올려 덮었다. 차가운 공기는 차를 달릴 때 얼굴을 스쳐가던 바람 같았다. 라이프치히 거리를 지나 포츠담 광장으로, 그리고 계속해서 서쪽으로. 〈What's up, little love〉를 들을 때면 집과 집 사이로 하얀 겨울햇살이 눈앞에서 춤을 추곤 했지.

마세라티 바이터보는 정말 예쁜 차였다. 모터는 쾌적하면서도 격동적인 소리를 냈고 다섯 명이 탈 수 있었으며 초콜릿봉봉 상자처럼 사각형이었다. 하지만 다 지나간 일. 주의하라고 여자가 말해주지 않은 탓이다. 열 번, 아니 열두 번쯤 그들은 정사를 나누었을까. 심지어는 그녀의 월경 때에도 침대에서 정사를 나누었다. 둘이 나눈 섹스는 꽤 괜찮아서 그도 그녀도 다 만족했다. 그런데 이제, 차를 팔아야 하다니.

입으로 숨을 내쉬어보았다. 아무 일도 일어나지 않았다. 다시 한 번 휴, 하지만 방 안의 공기는 더 이상 그렇게 차갑지 않았다. 온기가 느껴졌다. 침대 뒤에 설치된 히터에서 나오는 온기였다. 손을 대면 따뜻함이 잡힐 것 같았다. 바깥의 차가움을 생각하면 침대에서 나가고 싶지도 않았다.

나 없이는 영화를 찍지 못할걸. 그렇고말고, 나 없이는 찍지 못해. 니클라스는 날 위해 그 시나리오를 쓰지 않았던가. 영화 속에서의 그는 현실 속에서의 그와 얼마간 닮아 있었다. 니클라스는 자주, 그렇지? 하고 물었다. 물론 그의 질문은 언제나 유쾌하지만은 않았으나 대부분은 그런대로 넘길 만했다. 지금 생각해보니 얼마나 다행한 일인가, 나 없이는 시작도 못할 테니. 의상 입어보는 약속을 한 번 어긴 게 무슨 대수라고. 모두 나와 함께 영화를 만들고 싶어 하지 않는가 말이다.

당연히 내가 없어도 영화는 진행될 것이다. 누가 나와 함께 영화를 만들고 싶어 할 것인가? 맞아, 누구나, 예전에 나를 손에 넣지 못했던 어느 누구나. 언제나 같은 역할을 그들은 나에게 주었다. 하지만 그건 내 탓 아닌가, 거절할 수도 있었는데. 나와 함께 일을 시작했던 이들은 지금 모두 다른 배우와 함께 일을 하고 있다. 그리고 그 옛 친구들에게 내가 받았던 것이라고는 동정뿐이었다. 영화에서는 아주 작은 역할, 그리고 자막에는 아주 큰 글씨. '특별출연, 우리들의 옛 친구 페리.' 젠장, 옛 의리가 뭔지. 이런 선의를 아직도 베풀어야 하다니.

제기랄, 그는 다시 작은 입김구름을 만들려고 했다. 일어나서 발코니 문을 열고는 침대로 다시 기어들어갔다. 방 안은 어두웠다. 하지만 불을 켜지 않았다. 창문 너머에는 더 이상 잿빛, 푸르스름한 잿빛은 없었다. 어두웠다, 거의 칠흑과 같았다. 바깥에서 다소 추한 오렌지 빛 동베를린의 가로등이 스며들어 방 안의 물건들이 그 빛과 함께 조금씩 흔들거리고 있었다. 입김은 입 앞에서 금방 사그라져서 폐 속에 든 공기를 영원히 잃어버린 것 같았다.

일곱 번째 입김구름. 그는 나머지 세 개의 입김구름을 만들어 열 개를 채우고는 다시 눈을 감았다. 잠이 들었다가 십 분쯤 지나고 난 뒤 다시 깨어났다. 부엌으로 가서 어머니가 사놓은 셰리주를 마셨고 화장실에 갔다 와서는 다시 침대에 벌렁 드러누웠다. 잠이 들었다. 밤 중간쯤 잠이 들었을까, 문자 메시지가 왔다.

"조금 놀랐지? 당신이 얼마나 차가운 인간인지 느끼고 싶어

서. 더 이상 전화하지 마, 야옹."

전화기를 내려놓고 욕실로 가서 샤워를 했다. 아주 오랫동안, 그리고 아주 뜨겁게. 샤워를 하면서 지옥으로나 가버려, 라고 반복해서 말하고, 또 말했다. 그런 다음 다시 침대에 누워 잠을 청했다. 생각보다 잠은 빨리 찾아왔다.

건축가

그들이 아침에 깨어났을 때

이미 건축가는 컴퓨터 앞에 앉아 있었다. 오른편 건물은 그의 사무실이었고 왼편에서는 그들이 살았다. 건물이 둘러싸고 있는 안마당에는 밤새 불이 켜져 있었다. 곧 불은 꺼질 것이고 그도 언젠가는 사무실의 불을 끌 것이다. 지금 같은 겨울이면 그의 사무실에 불이 꺼지는 시각은 거의 점심시간 무렵이었다. 유난히 어두운 날이면 거의 저녁나절까지 환했다. 마침내 그가 하루 일을 마치고 사무실에 남은 맨 마지막 사람으로 그곳을 나와 엘리베이터를 타고 위층의 자기 집으로 갈 때, 불은 꺼졌다.

그는 그들에게 손을 흔들어 보이고는 다시 일 속으로 빠져들었다. 건축가는 단 한 번도 그들을 관찰하고 있다는 느낌을 주지 않았으나 사무실의 커튼을 닫는다는 것은 생각조차 못하고 있는 듯했다. 그들도 역시 커튼을 닫지 않았다. 대체로 창문 앞에 붙어 있는 비행기 날개처럼 생긴 알루미늄새시를 올리고 내리곤 했을 뿐이었다. 그것조차 종종 잊어버려 아침에 일어나면 침대에 누워 그가 일하는 모습을 보기도 했다. 언젠가 그들은 텔레비전 앞에 놓인 소파 위에서 대낮에 섹스를 가졌다. 아마도 그는 그들의 섹스를 보았을 것이다. 하지만 단 한 번도 머리를 들어 올리지 않았으며 전화를 하러 갈 때에도 뒤로 돌아 직원들이 일하고 있는 큰 사무실로 갔다. 그곳에서 직원들은 아침부터 저녁까지 하얀 책상에 앉아 컴퓨터 모니터만을 들여다보고 있었다.

나일라가 욕실에 있을 때 스플라시는 아침식사를 준비했다. 그들은 서두르고 있었다. 예전엔 그렇게 서둘러본 적이 없었다. 오늘 나일라는 열시까지 야콥 거리로 가서 비자 기간을 연장해야 했다. 스플라시 역시 외눈박이 아일랜드인과 코펜하겐 거리에서 만나기로 했다. 그에게 아틀리에를 보여주기 위해서였다. 자신의 아틀리에에서 더 이상 혼자 일할 수 없을 거라는 상상은 끔찍했으나 그에겐 돈이 필요했다. 돈 문제 외에도 그는 거의 아틀리에에서 일을 하지 않았다. 그러니 상관없었다. 그는 거의 일 년 동안 작업을 하지 않았다. 둘이 함께 살면서부터였다. 스플라시는 나일라 때문이라는 생각을 종종 했다. 아니, 이 집 때문인지도 몰라. 너무 훤히 들여다보이잖아. 게다가 어디를 쳐다봐도 유리, 알루미늄 그리고 검은 돌뿐이니. 이 분마다 한 번씩 로젠탈러 거리를 덜걱거리며 지나가는 전차도 한몫을 거들었다. 그 소음을 들을 때면 그나마 머릿속에 남아 있던 몇몇 생각조차 사라져버렸다.

나일라는 알몸으로 욕실에서 나왔다. 머리칼만 타월로 감싼 채였다. 그가 건축가 쪽을 가리키며 눈짓을 하자 나일라는 안 봐, 쳐다보는 적이 없잖아, 라고 대꾸했다. 스플라시는 어깨를 한번 으쓱 들어 보이며 욕실로 들어갔다. 욕실에서 나오자 나일라는 팬티에다 그의 푸른 새 티셔츠를 입은 채 창문에 서 있었다. 건축가 역시 창문가에 서서 이상한 손짓을 하고 있었다. 스플라시는 몸을 돌려 다시 욕실로 들어가서는 이 분 후에 나왔다. 그사이 나일라는 옷을 다 입었고 건축가는 다시 책상으로 돌아가 일을 하고 있었다.

건축가는 이 집 설계를 한 장본인이었다. 이 집이 그의 첫 작품이었으므로 그는 이곳에서 좀처럼 나가고 싶어 하지 않았다. 여기 사무실에 있거나 아니면 위층에 있는 자기 집에만 머물렀다. 이곳을 떠날 때면 차를 이용했다. 차고에서 나와, 돌아와서는 다시 차고로. 차 역시 떼려야 뗄 수 없는 이 건물의 일부처럼 보였다.

건축가의 아내와 아이들을 스플라시는 엘리베이터나 현관에서 마주치곤 했다. 현관 벽은 크고 밋밋한 철판으로 만들어졌는데, 얼마나 좁고 높은지 꼭 로켓 안에 들어와 있는 것 같았다. 건축가의 아내는 웃음이 헤픈 여자였다. 키는 거의 제 아이들만큼 작았다. 아이들 역시 웃음이 헤펐는데 스플라시는 그 웃음을 신뢰하지 않았다. 여태껏 아이들의 웃음을 의심해본 적이 없었음에도 불구하고. 옳지 않을지도 모르겠지만 아이들의 웃음이 제 어미의 웃음처럼 꾸며낸 것 같다는 느낌을 받는 건 어쩔 수 없었다. 어쩌면 아이들이 입고 있는, 이곳 건물 분위기에 맞지 않는 알록달록하고 볼썽사나운 방풍재킷 때문이었을까? 그런 방풍재킷은 여느 아이들도 다 입고 있었다. 아니라면 거의 언제나 진흙이 잔뜩 묻어 있는 겨울장화 때문이었을지도.

"오늘, 아틀리에로 가, 당순?" 나일라가 물었다.

"당순이 아니라 당신이야." 참을성 없이 스플라시가 면박을 주었다. 예전에 그는 스플라시가 아니라 외른이라는 이름을 가지고 있었으나 그녀는 오늘까지 그의 진짜 이름을 물은 적이 없었다.

"가냐고?"

"그래."

"얼마나 좋은 일이야!"

그는 나일라를 쳐다보았다. 저 기쁨은 진짜일까? 때때로 나일라는 그가 잘 알지 못하는 음색으로 말을 했다. 그녀의 고향에 있는 친구나 친척들은 틀림없이 그 음색을 알아듣겠지만 그에게는 낯설었다. 갑자기 화가 치솟았다. 그는 탁자 위에 놓여 있는 나일라의 손 위에 자기 손을 얹었다. 그냥 아무렇지도 않다는 듯, 그리고 손이 나일라의 것이 아니기라도 한 듯. 그리고 이 손을 그릴 수 있을 거라고 생각했다. 손은 따뜻했다. 쓰다듬다가 뒤집어서 펴보았다. 손 안은 찼다. 그래서 그는 자기 손 위에 그녀의 손을 얹었다. 갑자기 일어나 나일라 쪽으로 몸을 구부려 입맞춤을 했다. 나일라는 그의 입맞춤에 응답하지 않았다. 최근에 종종 그랬다. 그가 그녀의 젖가슴을 만지려고 할 때 그녀는 피하면서 말했다. "그만둬. 보고 있을지도 모르잖아!"

"안 보는 줄 알았는데."

"아니, 아니!" 다시 그 음색. 그는 도무지 이해할 수 없는 음색.

"아니, 아니!" 그녀는 되풀이해서 말했다. 둘은 저 너머로 건축가를 바라보았다.

건축가는 그들로부터 등을 돌린 채 서서 전화를 하고 있었다. 그의 뒤쪽 벽에는 설계도가 걸려 있었고 전화를 하면서 건축가는 설계도를 관찰했다. 그러다가도 끊임없이 고개를 뒤로 돌려서 어깨너머로 그들을 쳐다보았다. 전에는 한 번도 그런 적이 없었다. 스플라시는 더 이상 참을 수 없어 나일라가 저항을 하는데도 그녀의 얼굴을 두 손으로 단단하게 붙잡고는 입술에 키스를 했다. 그녀는 그를 밀쳐내고는 욕실로 뛰어갔고 스플라시가 고개를 들었을 때 건축가의 눈길과 딱 맞닥뜨렸다. 치받아 오르는 욕기만큼 빨리 그 순간은 지나갔다. 그때였다.

"나일라! 빨리 와, 오라니까. 저것 좀 봐, 저 사람 미쳤나봐!"

건축가는 조용히 전화를 받다가 갑자기 전화기를 바닥에 내던지고 벽에 붙어 있던 설계도를 거칠게 떼어내더니 책상 위에 놓인 종이와 컴퓨터, 모형을 집어던지기 시작했다. 직원들이 달려왔다. 직원 둘이 건축가의 어깨를 잡아 제지하며 진정시키려 애썼다. 하지만 건축가는 발버둥을 쳐서 직원들의 손에서 벗어나 창문 쪽으로 달려가더니 주먹으로 창문을 쾅쾅 두들겼다. 끝내 그는 창유리에서 미끄러지며 쇠진한 듯 바닥으로 쓰러졌다. 좁은 얼굴에 크고 푸른 눈, 그 위에 덮인 헝클어진 검은 머리칼, 그 모습이 평소 때보다 더 낫다고 스플라시는 생각했다.

"나도 그럴 거야. 놈들이 내 비자 연장에게 안 해주기만 하면." 스플라시의 뒤에 서서 손가락으로 그의 청바지 허리띠를 잠가주며 나일라가 말했다.

"놈들이 내 비자 연장을 안 해주기만 하면." 스플라시가 그녀의 말을 고쳐주었다. 그러고는 이런 생각을 했다. 그럼 어때? 그러면 나는 다시 일을 시작할 수 있을 거고 뭐든지 저 여자 위주로 돌아가는 삶을 멈출 수 있을 테니. 항상 들어야만 하는 그녀 인생에 대한 푸념을 듣지 않아도 되고. 지 어머니가 할아버지랑 정사를 한 적이 있었다거나, 아버지가 자기를 인형이라고 불렀다거나, 밤이면 울면서 베이루트에 전화를 해서는 레바논 남자들은 다 바보들이야, 그래서 여기 남자들을 내가 그렇게 좋아하잖아, 따위의 징징거림을 더 이상 듣지 않아도 되고. 스플라시가 보기에 나일라는 이곳 남자들을 너무 좋아해서 탈이었다. 그리고 무엇보다도 그녀 때문에 이 얼빠지고 비싸고 차가운 로켓하우스에서 살지 말아야겠어. 코펜하겐 거리에 있는 아틀리에로 다시 이사할 수도 있겠지. 오늘이라도 당장 그 외눈박이 아일랜드인에게 일없으니 다른 작업실을 찾아보라고 말할 수도 있을 것이다. 난 더 이상 돈이 필요 없다니까, 앞으로도 더 이상 필요 없다고!

"저 사람한테 무슨 일이 있는지 스플라시, 알아?"

"난, 당신이 안다고 생각했는데."

"나? 왜 내가 알겠어."

그녀는 갈색의 굽 높은 부츠를 신고 알리아튀니지 출신의 디자이너가 디자인한 붉은색 오리지널 재킷을 입었다. 그녀의 아버지가 준 선물이었으나 그는 그 재킷을 좋아하지 않았다.

"내 열수, 가지고 있어?" 나일라가 물었다.

"아니 왜 당신은 당신 열쇠가 어디에 있는지를 내게 묻는 거야? 나, 한 번도 당신 열수 가져본 적이 없다고."

"하지만 당순, 언제나 잘도 찾아주잖아."

"오늘은 안 돼."

"한 번만 더."

"안 돼!"

"당순…. 나의 태얀, 내 숨장!"

그는 일어나 식탁을 치우기 시작했다. 적어도 스무 번이나 부엌과 식탁 사이를 왔다 갔다 했다. 하지만 언제나 손에는 접시 하나, 혹은 숟가락 하나, 아니면 그 빌어먹을 버터 통이 하나 달랑 들려 있을 뿐이었다. 드디어 식탁 위가 말끔해졌을 때 그는 앉아서 담배를 입에 물고는 생각에 집중하려고 했다. 아일랜드인에게 전화를 한다, 만다? 전화를 해서 오늘 저녁에 만나는 게 좋겠다고 말한다, 만다? 그때까지는 나일라가 독일에 더 머물 수 있을지 없을지 알 수 있을 테니. 아님, 완전히 거절을 해버리는 건 어떨까? 벌써 두 번이나 거절을 했으니 어차피 오늘 약속장소에 나오지 않을지도 모르지. 어쩌면 거절 따위는 필요 없지 않을까? 그럴까, 아닐까? 그 순간 아주 가까이에서 들려오는, 시끄럽게 달려가는 전차소리에 그는 몸을 움츠렸다. 차가운 바람결이 다리 위로 올라왔다. 그다음 전차가 굉음을 울리며 지나갔다. 그는 고개를 들었다. 나일라가 커다란 창문 하나를 열어놓았다.

"라라라라." 그녀는 흥얼거렸다. 큰 방 안을 웃으면서, 마치 큰 공원을 산책하듯이 커다란 아라비아 엉덩이를 흔들어대고 원을 그리며 춤을 추고 있었다. "라라라라."

"창문 좀 닫아, 나일라. 소음 때문에 생각이 다 달아나잖아."

"라라라라."

"나일라, 제발!"

"내 열수를 찾는 거 도와준다면야."

그는 일어나 옷장으로 가서 단방에 그녀의 검은 가죽재킷 안 주머니에서 열쇠를 끄집어내었다.

"어떻게 찾았어?"

"언제나 있을 곳에 있어. 다른 재킷 안에 들어 있지 않으면, 욕탕, 비누통 안에 있을 거고, 아니면 서랍 안에 과자부스러기랑 같이 있을 거고, 아니면 침대에, 매트 밑에, 그도 아니면 침대 밑에."

"고마워, 당신." 그녀는 스플라시를 으스러지게 껴안았다.

"당순." 그가 말했다.

"그래, 당신 없이 내가 무슨 일을 할 수 있겠어." 미소를 지으며 그녀는 대꾸했다. 그러고는 눈물을 글썽거리며 뺨과 입술에다 입맞춤을 해주었다. 하지만 다시 그가 나일라를 바라보았을 때 눈물은 이미 사라지고 없었다. 눈물이었을까? 아니면 레바논 식빅 눈물쇼?

"걱정하지 마. 비자 연장을 받을 테니." 그가 말했다.

"받지 못하면?"

"받지 못하면?"

"그래, 받지 못하면. 그럼 나 집으로 추방될까?"

그는 나일라를 진지하게 바라보았다. 그녀도 스플라시를 진지하게 바라보았다. 그 순간을 견디지 못해 그는 나일라 너머로 방을 바라보았다. 그 눈빛은 이 방에 있는 모든 것을 바라보던 자기 눈빛이 아니었다. 그 눈빛은 다른 사람의 것이었다. 아직 그 사람이었던 적은 없었지만 그는 곧 그 다른 사람처럼 될 것이다. 침대, 쌍으로 놓여 있는 흰빛의 피에르 폴랭 소파, 대리석 받침대가 있는 은빛 램프, 텔레비전 위에 놓인 금빛 액자 속 나일라의 가족사진, 높은 벽면에 붙어 있는 그의 오래된 그림들, 이 모든 것을 다 둘러보고 난 뒤, 비어 있는 어두운 건축가의 사무실로 눈을 잠시 돌리고 난 뒤, 그제야 그는 나일라의 눈 속으로 돌아왔다. 갈색의, 너무나도 짙은 갈색의 눈. 그리고 입을 열었다.

"네가 집으로 돌아가야 한다면, 나도 따라갈 거야. 당연한 일 아냐?"

"정말 그럴 수 있어?" 그녀는 깜짝 놀란 듯했다. "정말, 정말 그럴 거란 말이지…." 그녀는 그의 팔을 양쪽 곁으로 내리고는 포옹을 풀었다.

"이제, 나, 가야 해." 그녀는 막 화장을 한 열은 입술을 두 번, 세 번쯤 깨물고는 가면서 마지막 숨겨진 눈길을 안마당 저편으로 던졌다.

엘리베이터 앞에서 둘은 침묵했다. 그전에 팔과 어깨를 만진 적이 없었다는 듯 그렇게 서 있었다. 그게 더 긴장을 불러오는 것 같았다. 엘리베이터가 도착했고 문이 열렸을 때 그 안에는 건축가가 아내와 아이들과 함께 있었다. 스플라시와 나일라도 그 안으로 들어가며 안녕하세요, 라고 말했고 건축가 역시 인사를 했다. 그의 아내는 미소를 지어 보였고 아이들은 머리를 위로 비틀면서 역시 미소를 지었다.

건축가는 정상으로 되돌아온 듯했다. 스플라시는 건축가와 나일라의 머리 사이로 번쩍거리는 엘리베이터 벽면을 응시하면서도 곁눈질로 그를 살펴보았다. 나일라 쪽으로도 가끔 눈길을 주었다. 그녀 역시 보통 때와 다름없었다. 아마도 약간 긴장을 하고 있는 모양이었다. 하지만 그건 너무 당연한 일이었다. 그도 나일라의 입장이라면 역시 저렇게 긴장했을 것이다. 의사를 찾거나 외국여행을 하기 위해 영사관으로 비자를 신청할 때 그 역시 긴장하지 않았는가. 그녀는 외국인 관청을 찾는 데 겁을 먹고 마지막 날까지 미루고 미루었다. 나라도 긴장했을 거야, 지금 그녀는 그래서 긴장을 하고 있는 거라고. 스플라시는 계속 엘리베이터의 벽을 응시하고 있었으나 건축가와 나일라가 짧게 서로를 손으로 어루만지는 것을 눈치 챌 수 있었다. 나일라는 손가락으로 그의 손등을 쓰다듬었고 그는 주먹을 쥐어 보였다. 그러고는 서로 떨어졌다.

엘리베이터는 일층에서 멈추었다. 스플라시와 나일라는 내렸고 건축가 가족은 계속해서 지하차고로 내려갔다. 그들은 큰 소리로 또 봐요, 라고 인사를 했고 엘리베이터 문은 마치 커튼처럼 그들 뒤에서 닫혔다. 그는 나일라의 손을 잡고 밖으로 나왔다. 손을 잡고 전차 정거장까지 걸었다. 나일라가 전차를 타고 떠나자 그는 뒤에서 그 모습을 바라보았다. 심지어 손을 흔들어줄까 하다가 그만두었다. 몸을 돌려서 로젠탈러 거리를 지나 전철 정거장으로 갔다. 하케셰호프 앞에 있는 신호등이 푸른빛으로 변하는데 아주 오랜 시간이 걸려 그는 로켓하우스를 올려다보았다. 밋밋하고 푸르스름한 잿빛의 유리 벽면은 흐린 겨울 빛 속에서 마치 죽은 것처럼 보였다. 건물 두 층에서 불빛이 흘러나오고 있었다. 건축가의 사무실과 한 층 위 출판사에서 켜둔 불빛이었다. 사무실에서 일하는 사람들은 이 누렇고 푸른 네온불빛 속에서 마치 천천히 그 빛 속에 빠져 죽을 것처럼 보였다. 그는 머리를 흔들면서 나직이 염병할! 이 한마디를 내뱉었다. 사람들로 북적거리는 신호등 앞에서 기다릴 기분도 더 이상 나지 않았으나 기다리지 않으면 무슨 수가 있단 말인가. 그는 푸른 신호가 올 때까지 기다렸다. 금방 빨간 등이 켜지더니 푸른 등, 그리고 다시 빨간 등으로 바뀌고 있었는데 그는 아직 무엇을 해야 할지 알 수 없어서 그 자리에 그대로 서 있었다.

아비바의
등

온 밤 내내 눈이 오더니 하루 종일 그치지 않았다. 아비바는 열린 발코니 문으로 머리를 삐죽 내밀고 있었다. 이미 어두웠고 가로등빛이 눈 위로 떨어져 눈은 부드럽고도 우울한 푸른빛을 띠었다. 아르코나 광장은 평소 때보다 더 고요했다. 차가 지나갈 때면 누군가 천을 천천히 찢는 듯한 소리가 나는 것 같았다.

"아빠, 오늘 그 여자, 와요?" 아비바가 딱딱하게 물었다.

"뭐라고?"

"왜 검은 머리에 안경 쓴 여자 있잖아요."

"아비바, 어서 들어오렴."

"안 추워요."

"아비바!"

나는 거실을 가로질러 가서 아이를 답삭 들어 올리고는 발코니 문을 닫았다. 그리고 아비바를 욕실로 데리고 갔다.

"오늘은 우리 둘만의 날이야, 알겠니?" 나는 아이의 옷을 벗기며 말했다.

아이는 고개를 끄덕이고는 욕실바닥에 드러누웠다. 하는 수 없이 바닥에서 아이의 스타킹을 발끝에서부터 벗길 수밖에 없었다. 스타킹은 벗기면 벗길수록 길어졌고 아이는 웃느라 요동을 쳤다. 갑자기 아이가 뛰어 일어나 도망을 쳤고 나는 딸아이를 부엌 문 뒤에서 찾아냈다. 서로 눈이 마주쳤지만, 그런데도 아이는 "놀랐지!" 하는 시늉을 했다.

"아니. 하나도 놀라지 않았다."

그 순간 전화벨이 울렸다. 아비바의 엄마였다. 둘이 짧게 얘기를 나누더니 아비바가, 전화 받을래요? 하는 눈으로 쳐다보았다. 나는 고개를 가로저었다. 전화를 끊고 난 뒤 아비바는 말했다.

"생일선물이 맘에 드셨는지 알고 싶어 했어요."

나는 전화기를 건네받아 아비바의 엄마인 아그네스에게 전화를 걸어 고맙다고 말했다. 전화를 하는 사이 아비바는 다시 사라졌다. 아이가 혼자서 샤워기 물을 틀고 이를 닦는 소리가 들렸다.

그런 다음 아비바는 맨발로 작업실로 걸어갔다. 그곳은 프랑크푸르트에서 아이가 나를 방문하면 자는 곳이었다. 아이는 크게 한 번 점프를 하더니 침대로 뛰어올랐다. 침대가 벽에 부딪쳐 쿵 소리를 냈다. 그리고 이제, 집 안은 바깥처럼 조용하다.

아이에게로 가는 대신 나는 부엌에 앉아 담배를 한 대 입에 물었다. 몹시 피곤했다. 아비바가 오면 늘 이렇게 피곤했다. 온몸은 피곤으로 들썩거렸고 언제 휴식을 취할 수 있을까, 언제 아이가 돌아갈까, 하는 것만 생각했다. 그리고 아이가 가버리면 아이가 다시 방문할 날을 학수고대했다. 담배를 피웠다. 한 대를 다 피우자마자 다시 한 개비에 불을 붙이며, 들이켜는 모금마다 기적이 일어나기를 빌었다. 흡연자만이 이 느낌을 짐작할 수 있으리라. 연기가 폐 안에서 뜨겁게 차오르면 아, 당장 모든 것이 달라질 것이다, 그도 아니면 나아지든지, 하는 느낌.

담배를 끝까지 피우고 나서 작업실로 깨금발로 걸어가 조심스럽게 아이를 지켜보았다. 아이는 내가 읽어주어야 할 책에 머리를 대고 이미 잠에 빠져 있었다. 곱실거리는 붉은 머리칼이 책면을 뒤덮고 있었으나 머리칼 사이로 행복한 사자의 붉은 갈기와 큰 눈이 보였다. 나는 한동안 아비바를 바라보았으나 아무 느낌이 없었다. 제 아이를 본다고 언제나 무슨 느낌을 받아야만 하는가? 그때 초인종 소리가 났다. 아비바가 몸을 한 번 꿈찔 하더니 눈을 뜨고는 말했다. "내일, 저 사람, 검은 머리에 안경을 쓰고 있는지 아닌지 말해줘, 응?" 그러고는 다시 머리를 책에 대고 작은 강아지처럼 하품을 했다.

"해피 버스데이." 조엔이었다. 그녀의 머리칼은 검었으나 안경은 끼지 않았다. 아무튼 오늘은 안경을 끼지 않았다. 언제나처럼 그녀는 피곤해 보였고 섹시했고 또 그렇게 낯설어 보였다.

"안녕, 당신?"

그녀는 약간 옆으로 몸을 돌리고는 당혹스러운 듯 문 앞에 서 있었다. 손에는 선물로 보이는 뭔가가 들려 있었다.

사실 난감해야 할 사람은 나였다. 나는 영어로 말했다. "딸아이가 왔어."

"아, 좋아라! 언제 왔어?" 그녀도 영어로 말했다.

나는 말없이 몸을 돌렸다. 문은 열어둔 채였다. 부엌으로 가서 담배를 물었다. 냉장고에서 맥주 두 병을 꺼내 뚜껑을 따서는 거실로 갔다. 조엔은 발코니 문 앞에 서 있었다. 좀 전에 아비바가 서 있던 자리였다. 정확히 그 자리에. 그리고 눈으로 덮인 텅 빈 광장을 내려다보고 있었다.

"아름답지?" 그녀가 말했다. 나는 그래, 라고만 대답하고 담배를 피웠다. 한 모금 들이켤 때마다 목이 따가웠다.

"나, 헤어질 수 있을 것 같아."

"그럴 수 있어?"

"아니."

그녀는 여전히 등을 돌리고 서 있었다. 아름다운, 거의 남성스러운 등이었다.

"워싱턴 광장엔 밤이면 눈이 등꽃 빛이야."

"정말?"

"그래. 그리고 이 계절에도 사람들로 붐비고."

"여기처럼 이렇지 않고?"

"응. 이렇지 않아."

"조엔, 다시 돌아갈 거야?"

"아니."

"정말?"

"응."

나는 그녀에게 다가갔으나 그녀를 안지는 못했다.

"그는 어디에 있는데?"

"거기에 없어."

"제발, 디제이 씨, 노래를 틀어주세요." 나는 그렇게 말했으나 전혀 우습지 않았다.

"오늘밤에는 쾰른에 있을 거야. 그다음은 뉘른베르크. 그러고는 진델딩엔인가 어딘가 하는 곳."

"진델핑엔."

"그래, 그 도시."

그래, 지금, 이라고 나는 생각했다. 그래, 그녀의 등에 손을 올리고 엉덩이를 지나 배 쪽으로, 그런 다음 나에게로 끌어와야 지. 생각한 대로 나는 행했다. 그녀의 목에 키스를 했고 눈을 감았다. 갑자기 눈앞에 검고 낯선 그의 얼굴이 떠올랐다. 레이노이는 아이티 아니면 자메이카 출신의 흑인이었다. 그가 어디 출신인지 나는 언제나 혼동을 했다. 그가 자메이카 혹은 아이티 출신이라는 것이 나에게는 약간 위험스럽게 보였다. 아니 아이티 출신이라는 게 자메이카 출신이라는 것보다 약간 더 위험한 것은 아닐까?

레이노이가 삼 주 전 뉴욕에서 여기로 오자 나는 내 주변에서 오직 흑인만을 보는 듯했다. 한번은 스타벅스에서 거의 삼십 분 가량 어떤 남자 옆에 앉아 있었다. 그는 줄곧 여자친구와 통화를 하고 있었는데 여기로 오는 길을 알려주는 중이었다. 그는 카리브 출신 레게가수 밥 말리가 말하는 것 같은 영어를 구사했다. 나는 그를 레이노이라고 생각했다. 하지만 물론 문으로 들어온 것은 조엔이 아닌 다른 여자였다. 그 다음날 나는 작고 멋지게 생겼으며 스투시 모자미국 산 거리패션 레벨를 쓴 흑인을 바인마이스터 거리에서 알렉산더 광장까지 뒤쫓았다. 그는 내가 따라오는 것을 눈치 채고는 겁을 집어먹었고 헤르티에 백화점 쪽으로 사라졌다. 그곳에서 그를 놓쳐버렸다.

"아빠. 오늘부터 서른여덟 살이야, 서른아홉 살이야?"

나는 당장 조엔에게서 떨어져 나왔다.

아비바가 황새처럼 한 발만 바닥에 대고는 거실 문 앞에 서 있었다.

나는 그 자리에서 금방 피곤해져버렸다. 마음 같아서는 아비바를 향해 고함이라도 치고 싶었다. 침대로 가란 말이야! 아니면 꺼져버려! 내 인생을 정리하게 좀 내버려두란 말이야! 그러면 아이는 울면서 나에게 소리를 내지르겠지. 그런들 무슨 상관이겠는가.

"응, 서른여덟이란다, 아가야. 왜 자지 않았니?"

"나, 이 생각 저 생각 좀 하느라고." 어른처럼 아이가 말했다.

"할로." 조엔이 독일어로 인사했다. "네가 아비바구나."

"흠." 아비바가 대꾸했다.

"나, 조엔이야."

"전에도 아빠 집에 놀러온 적 있었죠?"

"응."

"하지만 안경이 없네요. 안경을 낀 줄 알았는데."

"맞아. 오늘 내 안경은 핸드백 속에 있단다. 보고 싶니?"

"인디언 여자 같아."

"우리 아버지가 인디언이야."

"그래서 그렇게 우스꽝스런 독일어로 말하는 거예요?"

나는 손을 치켜들었다.

"아비바, 제발 좀."

아이는 몸을 돌리고는 울면서 제 침대로 뛰어갔다. 이번에는 벽에 침대가 부딪치지 않았다. 나는 아이 뒤를 따라가서는 옆에 앉았다. 아이는 고개를 돌렸고 나는 잠옷 밑으로 손을 넣어 아이의 등을 쓰다듬어주기 시작했다. 그러면서 조엔의 등을 생각했다. 레이노이도 그녀의 등을 좋아했을까? 둘은 우리가 서로를 안 것보다 더 오랜 세월 동안 알고 지냈다. 아마 레이노이는 더 이상 조엔의 등을 사랑하지 않을지도 몰라. 어쩌면 이미 조엔에게 싫증이 났을지도 모르고. 그녀도 그에게 싫증을 내고 있을지도 모르지. 하지만 둘은 아직까지는 조금 서로에게 기대고 있었다.

눈을 떴을 때는 열두시가 다 되어 있었다. 나는 아비바의 분홍색 손목시계를 들여다보고는 깜짝 놀라서 얼굴과 이마를 문질렀다. 아비바는 잠이 들었다. 입을 약간 벌리고 있어서 그리 예뻐 보이지는 않았다. 하지만 눈과 얼굴은 평안해 보였다. 아이에게 잘 어울렸다. 내 어머니를 닮은 얼굴, 혹은 내 누이나 내 누이의 딸인 나하리야에서 온 아야와 닮은 얼굴.

조엔은 거실 소파에 누워 담배를 피우며 창밖을 바라보고 있었다. 그녀는 흰 속옷 위에 치마만 입은 채였다. 나는 아무 말도 하지 않고 그녀 옆에 누웠다. 그녀는 나에게로 몸을 돌렸다. 나는 그녀의 치마를 들어 올리며 바지단추를 열었다. 그녀는 담배를 끄지 않았다.

"나랑 하는 거 다르지, 레이노이랑 하는 거랑?"

그녀는 나를 거칠게 밀쳐냈다.

"말해봐."

"그만해!"

"레이노이는 얼마나 더 있을 거지?"

"내가 아직도 그를 사랑하는지 아닌지 우리가 알게 될 때까지."

맙소사!

그녀는 일어나 욕실로 갔다. 아주 오랫동안 욕실에 있었다. 그녀가 욕실에 있을 때 아비바가 다시 깨어났다. 아이는 거실로 와서 내 옆, 소파 위에 누웠다. 다행히 내가 이미 옷을 추스르고 난 뒤였다. 아이는 피곤해서 말을 할 수조차 없었다. 아이를 침대로 데리고 가자 아이가 중얼거렸다. "아빠, 언제나 혼자 살아야 해요. 네?"

조엔은 욕실에서 울고 있었다. 나는 아직까지 그녀가 우는 것을 본 적이 없었다. 딱 한 번, 곧 울 거야, 라고 생각한 적은 있었다. 동부역에 있는 그녀의 갤러리에서였다. 그녀는 마이애미에 있는 누군가에게 그림 세 점을 팔았다. 그런데 손님이 전화를 해서 그림을 물리겠다는 거였다. 만일 일이 잘되었다면 그녀가 독일에서 처음으로 성사시킨 가장 큰 거래였을 것이다. 전화를 끊고 나자 그녀는 마치 남자처럼 이를 갈기 시작했다. 갤러리 안을 이리저리 마구 걸어 다니다가 전철이 우리 머리 위를 지나가자 그녀는 라이자 미넬리가 주연한 영화 〈카바레〉의 한 장면처럼 그렇게 크게 비명을 질렀다. 그다음, 그녀는 차갑게, 극적인 미소를 지었고 그걸로 그만이었다.

나는 부엌에 앉아 담배 한 개비를 다시 물고는 그녀가 이번에도 지를 비명을 기다렸다. 식탁 위에는 한 움큼 놓인 사인펜 사이로 아비바가 내 생일에 그려준 그림이 놓여 있었다. 바다로부터 차오르는 두 마리 돌고래 그리고 텅 빈 해변, 그게 전부였다. 그 위에 아이는 '해변'이라고 써놓았다. 이 그림에 무슨 뜻이 있을까? 뜻이 있을라고. 내가 그림을 그렸더라면 오늘 무슨 그림을 그렸을까? 아마 눈이 아니었을까? 온 도시를 뒤덮은 아주 많은 눈. 그리고 하늘은 등꽃 빛이거나 푸른 잿빛. 거대한 눈더미 속에 머리를 처박은, 선으로 그린 작은 남자들. 만일 그 그림에 제목을 단다면 이런 건 아닐까? '왜?'

조엔이 가고 난 뒤 부엌과 거실을 치웠다. 그런 다음 그녀의 선물을 풀었다. 보리스 미하일로프의 사진집. 나는 한번 뒤적여 보고는 헌 신문지 더미 위에 책을 집어던졌다. 그 사진작가가 싫었다. 그는 아프거나 술 취한 우크라이나 사람들의 사진을 즐겨 찍었다. 모델 대부분, 반누드인 채였다. 나는 이런 사진을 좋아하는 사람들을 이해할 수 없었다. 조엔은 그의 작품을 아주 좋아했다. 책 안에 그녀는 적어두었다.

"내가 정말 좋아하는 어떤 것. 조엔."

맙소사! 나는 구역질이 날 것 같았다. 다시 담배를 한 대 물었다. 오늘 피운 담배 가운데 처음으로 제 맛이 나는 담배였다.

노란
샌들

페르시아 여자치고 그녀는 키는 좀 큰 듯싶었지만 발만은 작고 예뻤다. 아주 작지도 않으면서 가늘었다. 남자는 그런 발을 좋아했다. 위에서 바라보면 거의 이상적인 사다리꼴 모양이었다. 제일 귀여운 것은 발가락이었다. 절묘하게 잘 익은 자두처럼 갈색이 나는 열 개의 발가락. 가늘고 길면서 엄지발가락 두 개는 요염한 허리처럼 잘록한, 흔치 않은 발가락이었다. 앞은 힘차 보이면서 둥글었다. 발가락을 입 안에 넣으면 어떤 발가락인지 즉각 알아챌 수 있었다.

그러니까 그날 밤 여자는 남자 옆에 줄곧 앉아 있었다. 마네스 호텔프라하 신도시 근처에 있는 고급 호텔에서 일어난 일이었다. 탁자와 의자는 혁명 이전 시대부터 쓰던 것이었고 종업원들도 마찬가지였다. 두 사람은 아주 낮은 가죽소파에 나란히 앉아 있었다. 다른 이들이 회의나 문화부장관의 수염에 대해서 이야기를 나눌 동안 소냐와 남자는 소냐의 아버지에 대해 이야기를 나누거나 몰다우 강물을 바라보았다. 물은 검었다. 작고 은빛이 나는 물거품 알갱이들만 여기저기서 반짝이다 그조차 이내 검은 강에 잡아먹혔다. 스미초프프라하에 있는 도시구역에서 흘러나오는 누렇고 푸른빛이 강을 비추었고 이따금 격렬하게 뒤뚱거리며 파티보트가 지나가기도 했다. 그리고 거의 모든 이들이 자리를 뜨고 난 뒤 남자는 여자에게 입을 맞추었다. 여자는 몇 번이나 어깨로 남자의 어깨를 누르더니 얼굴을 남자 얼굴 앞으로 바싹 들이대었다. 남자는 여자에게 입맞춤을 했다. 이렇게 빨리 진행되기도 하는구나!

지금 여자는 남자 밑에 누워 있다. 그는 여자의 복사뼈를 붙들고 발가락을 하나씩 하나씩 입으로 가져갔다. 남자는 눈을 뜨고 있었고 여자도 눈을 감지 않았다. 이거야말로 꼭 〈사랑의 블랙홀 Groundhog Day〉 같잖아. 그 영화배우 이름이 뭐더라, 매일 아침 그 지겨운 작은 도시, 잠에서 깨어나면 언제나 같은 아침, 라디오에서는 서니와 셰어미국의 듀엣 가수의 노래가 흘러나오던. 적어도 그건 생각나는군. 그런데 노래 제목이 뭐였더라. 늘 똑같았다. 나는 여자들과 이야기를 나누고 또 나누고 여자들이 아주 오랫동안 남에게 털어놓지 못한 걱정을 들어주었다. 여자들은 연구를 하는 양 나의 눈 속을 들여다보고 그러면 나는 마치 죄 없는 인간처럼 그들을 바라보았지. 아니, 내 눈은 그렇게 죄 없는 어린 양 같지는 않을 거야. 맞아, 그 눈빛. 그 눈빛 때문에 여자들은 몇 시간 뒤에 내 앞에서 옷을 벗었다. 정말, 소름끼치게도 똑같지 않은가. 끝에 나는 지쳐 그녀들 위에 축 처져 누워서 건성으로 목에다 키스를 하고 그러고 싶지 않은데도 한 번 꼭 안아주고는 씻으러 갔지. 하지만 그녀들이 씻으러 가면 약간 모욕을 당하는 듯한 느낌을 받았고. 그런 다음 머리를 나란히 하고 잠이 들고 깨어나면 아침이었고 다시 욕실로 가고 다시 돌아오면 침실에서는 냄새가 났지. 그 냄새는 내일 밤은 꼭 혼자서 보내리라, 다짐을 하게 하는 그런 냄새였어. 언제나 똑같이 되풀이되는 장면.

그는 급작스럽게 발딱 일어나서는 그녀의 발을 놓았다.

"어디 이상해?" 그녀가 말했다.

"아냐, 아니라니까." 그는 대답했다. 그렇게 대답했지만 머릿속에서는 제발 집중을 하란 말이다, 아냐, 집중을 하지 않는 편이 더 나을지도 몰라, 하는 생각이 스쳐 지나갔다.

"알았어." 여자는 마치 질문하듯 말하고는 미소를 지으며 그의 성기를 움켜쥐었다. 처음에는 견딜 만했으나 조금 있자 아팠고 그러고는 다시 기분이 좋아졌다. 그는 조금 사랑에 빠진 듯한 눈빛으로 여자를 바라보았다. 밝은 갈색이 나는 긴 윗몸, 약간 너무 검다 싶은 젖꼭지, 넓은 어깨, 어느 정도 도드라진 우아한 쇄골, 긴 목, 곱슬곱슬한 머리칼로 뒤덮인 진지한 얼굴. 그는 다시 여자의 발을 자기 앞으로 가져와서 두 발에 번갈아가며 입맞춤을 퍼부었다. 그러는 남자를 여자는 보고만 있었다. 그러다 그가 여자를 다시 바라보면 나직이 한숨을 내쉬었는데 그때, 아마 저 여자일지도 몰라, 하는 생각을 남자는 했다.

맞아, 저 여자일지도 몰라. 안 될 게 뭔가. 아니, 여자가 미국에 산다는 게 무슨 문제람. 나는 미국에 있는 걸 좋아하지 않는가. 아니 미국이 아니라 뉴욕. 뉴욕에 있으면 나는 언제나 행복했다. 어쩌면 그녀가 살고 있는 필라델피아로 가게 될지도, 그리고 그곳에서 행복해질지도 모른다. 필라델피아는 어떨까? 톰 행크스가 나오는 영화도 있었잖아. 좋아, 이번엔 톰 행크스 이름이 금방 떠오르는군. 그 영화는 필라델피아가 무대였지. 톰 행크스는 아주 아팠고, 그리고 그가 왜 아픈지도 나는 기억이 난다. 오 마이 갓, 차라리 그 생각을 하지 말자. 하지만 콘돔을 끼고 하는 것이 무슨 섹스란 말인가, 무슨 실감이 나겠느냐고. 차라리 그 생각을 하지 말자. 잊지 말아야 할 한 가지는 그 순간에 바깥으로 나오는 것이다. 그녀에게 피임약을 먹는지 물어보지도 않았잖아, 나 때문에 임신을 한다면? 그런들 어쩌랴.

"내 안으로 들어오지 마." 그녀가 말했다. 나직하나 단호하게. 여자는 남자의 몸에 자신의 몸을 밀착시켰다. 마치 그녀가 남자이고 그가 여자인 듯이. 마치 자신이 남자의 속으로 들어가기라도 하려는 듯이. 남자는 그에 답하듯 힘을 주었으나 여자가 더 강했다. 혹시 내가 너무 예의를 갖추는 건가, 이걸로 큰 드라마를 만들고 싶지 않아서 말이야.

아직 여자의 발은 남자의 것이었다. 여자가 남자에 대항해서 압력을 넣는 사이 남자는 여자의 다리를 밀어 올렸다. 발은 공중에 떠 있었다. 남자는 부드럽고 분홍빛이 도는 발바닥을 뺨에 대고 문질렀다. 그러고는 한 치도 빈틈없이 발바닥에 입맞춤을 했고 발꿈치도 가볍게 깨물면서 궁리를 하기 시작했다. 우리는 언제나 이렇게밖에 할 수 없을까? 우리가 필라델피아에서 함께 살면 언제나 이렇게 섹스를 할까? 그는 작은 브라운스톤 빌라에 있는 작고 어두운 방을 보았다. 바깥에는 커다랗고 어두운 나무들이 서 있고 집을 뒤덮고 있는 야생포도나무는 심지어 작고 어두운 방 안으로까지 들어와 자라고 있었다. 그 방 안에서 남자는 여자를 보았다. 저 멀리 여자는 누워 있었다. 침대에 등을 대고 L자형으로 누워, 다리를 모아 공중으로 들어 올린 채. 그는 그녀 앞에 무릎을 꿇었다. 역시 L자형으로, 이번에는 거꾸로 된 L자형으로. 그 순간, 여자의 아버지가 이 방으로 들어오지 않기만을 바라며.

왜, 나는 이 순간에 그녀의 아버지를 떠올릴까? 마네스 호텔에서 그 아버지 이야기를 너무 많이 들어서? 그녀는, 아버지는 자신에게 만족한 적이 없노라고 말했다. 남자는 그 이야기를 들을 때마다 말해주었다. 당신은 그저 섹시할 뿐이야. 그래서 사는 걸 배웠잖아. 그리고 공부도 했고, 그래서 이미 ITC미국 국제무역위원회에서 위원장 다음가는 자리에 올랐고, 그리고 곧 위원장이 될 거야. 하지만 이 순간, 그녀의 아버지가 이 방으로 들어온다면 딱 이 말을 할 것이었다. "저것 좀 보라고. 네가 할 수 있는 건 남자 밑에 누워 있는 것뿐이야." 그때 그는 정말 그 자리에 함께 있지 않았으면 했다.

그는 생각을 멈췄다. 한순간, 자신이 어디에 있는지 알 수 없었다. 점차 정신이 들었다. 그는 필라델피아에 있지 않았다. 프라하였다. 루첸부르스카에 있는 자신의 침실. 새벽 세시였다. 창문 앞에는 은빛이 나는 커다란 텔레비전 탑이 있었다. 그 탑은 조명등 속에서 막 이륙을 하려는 비행접시처럼 보였다. 그의 부모는 당시 다른 이웃들과 함께 이 탑을 주택가 한가운데에 세우려는 공산당원들에 대항해서 싸웠다. 방사능이 유출되는 것과 그 아래에 있던 유대인 묘지 때문이었다. 하지만 당은 그런 문제에는 아무런 관심이 없었다. 아이였던 그는 이 탑을 바라보는 것을 좋아했다. 지금 그는 탑 쪽으로 시선을 주었고 여자도 그와 함께 바깥을 바라보았다. 그러더니 여자는 다시 그의 성기를 쥐었다. 그녀는 더 강하게 남자의 몸 쪽으로 제 몸을 눌렀다. 팔을 떨어뜨리고는 시트를 움켜잡는가 싶더니 두 번, 크게 한숨을 내쉬었다. 그건 끝을 알리는 신호였다.

그리고 지금은? 그는 놀랍다는 듯 여자를 응시했다. 그리고 다시 섹스로 그녀를 끌어들이려고 했으나 아무 소용이 없었다. 그녀는 이미 이곳에 없는 듯했다. 남자가 여자 쪽으로 몸을 굽혀 그녀를 안고는 헛되이 이리저리 몸을 움직이는 동안 여자는 피곤한 듯 팔을 그의 윗몸에다 둘렀다. 그다음, 여자는 남자에게서 빠져나가려다 벽에 머리를 부딪쳤다. "아악!" 여자는 남자에게 등을 보이고 돌아누웠다.

"내가 널 아프게 했어?"

"아니."

"진짜?"

"그래, 괜찮아." 그녀는 돌아보았다. 아직 남자가 침대에서 무릎을 꿇고 있었으므로 여자는 그를 올려다보았다. 그녀는 남자의 허벅지를 쓰다듬으며 말했다. "나, 진짜 가야 해."

여자는 일어나서 천천히 옷을 입었다. 그리 행복해 보이지 않았다.

씻으러 가지는 않을 거야, 남자는 생각했다. 이미 여자는 팬티를 입었고 브래지어를 걸쳤으며 치마의 지퍼를 잠그고는 지퍼가 뒤로 가도록 치마를 돌려 입었다. 그렇지, 나라도 저렇게 치마를 입을 거다. 하지만 티셔츠는 어디에 있단 말인가? 아, 여기, 침대 이불 사이에. 정말로 씻으러 가지 않을 작정인가?

그는 똑바로 누워 그녀를 바라보았다. 그녀는 옷을 다 입고 난 뒤 방의 큰 전등을 켜고는 신발을 찾기 시작했다. 그녀는 굽이 높은 노란 샌들을 신었다. 아직 남자는 그걸 기억하고 있었다. 마네스 호텔에서 그 신발을 유심히 관찰했고 루돌피눔프라하에 있는 콘서트홀이자 갤러리에서 연설을 들을 때도 그리고 이 방에서 제일 마지막으로 벗긴 것도 그 신발이었다. 침대 어딘가에 신발은 있을 것이다. 하지만 신발은 침대에 없었다. 한 짝은 히터 밑에 다른 한 짝은 창문가에 놓여 있었다. 선 채 그녀는 신발을 신었고 버클을 빨리 잠그기 위해서 등을 구부렸다. 그런 다음 여자는 남자를 진지하게 바라보았는데 약간 성이 난 것 같았다. 그러더니 그냥 나가버렸다.

남자는 여자가 문을 여는 소리를 들었고 조용히 닫는 소리도 들었다. 계단을 내려가는 소리, 그리고 열린 창문으로 보도를 걸어가느라 똑똑 대는 하이힐 소리를 들었다. 똑똑 거리는 소리는 점점 잦아들었고 한순간 그가 살고 있는 동네 주위는 고요해졌다. 남자는 눈을 감았다. 그리고 그녀의 작고도 자두를 닮은 갈색 발을 생각했다. 얼마나 빨리, 그리고 외롭게 여름밤의 프라하를 걸어갔는지, 그렇게 빨리 남자를 떠난 것처럼. 그 생각은 그를 아주 슬프게 했다. 그 순간, 그는 작고도 자두를 닮은 그녀의 갈색 발을 잘 이해할 수 있을 것 같았다.

7번 곡

하겐은 파이낸셜타임스 건물에서 클라라를 데리고 왔다. 그곳은 〈디아리오〉멕시코 신문 지가 그녀를 위해 사무실 하나를 세 낸 곳이었다. 그들은 아무 말 없이 시내를 달렸다. 클라라는 그에게 고개를 한 번 까딱하는 것으로 인사를 대신했다. 나중에 그녀는 머리를 그의 어깨에 댔다가 다시 자기 좌석에 기대고는 옆 창으로 바깥을 바라보았다. 오후 다섯시인데도 한밤중인 것처럼 컴컴했다. 프리드리히 거리로 들어오면서 하겐은 음악을 틀었다. 자동차들의 붉거나 오렌지 빛 미등들이 쿠바 식 사분의 육 박자로 춤을 추는 것처럼 보였다. 그것이 클라라의 기분을 돋우었다. 그러다가 하겐을 알게 된 후로 늘 같은 시디를 듣는다는 생각이 들었다. 클라라는 석 달에 한 번씩 집 안의 가구를 옮기지만 하겐은 절대로 가구를 다르게 배치하는 법이 없었다. 그는 언제나 열두시 반이면 점심을 먹었고 영화관을 다녀오면 그 영화에 대해 나중에 이야기하려 하지 않았다.

"뭘 먹을까?" 하겐이 물었다.

"멕시칸 식 오믈렛과 샐러드를 만들려고 했는데."

"좋은 생각이야."

"아님 닭고기와 쌀에다 멕시칸 식 몰 소스를 곁들이면 어떨까?"

"그것도 좋은 생각이네."

"아냐. 음식 안 할래."

"피곤해?"

"응."

그들은 뱅앤올룹슨 오디오가게 앞까지 가서 주차했으나 차에서 내리지는 않았다. 하겐은 시동과 음악을 끄고 기다렸다. 클라라가 한숨을 쉬었다.

"왜, 안 들어갈래?"

"응."

"그럼 더 가보지 뭐."

"싫어." 클라라는 억지 미소를 지어 보였다. "그래, 우리 라파

예트 백화점을 다 뒤져먹자."

권터가 지나갔다. 그는 걷는다기보다 춤을 추듯 얼쑤대며 지나갔다. 팔을 들썩들썩 하는 게 권터를 모르는 사람이 보면 저 사람이 미쳤나? 라고 할 판이었다. 그는 털 파카를 입었다. 그 안에는 그가 매일 사무실에서 입는 꽉 끼는 광택 나는 양복을 입고 있을 터였다. 화상 흉터로 덮인 흰 얼굴, 무테안경 뒤의 비스듬한 눈은 정말 가관이었다.

클라라는 눈으로 권터를 뒤쫓았다. 하겐도 권터를 보았고 클라라가 권터를 보고 있다는 것도 눈치 챘다. 하지만 클라라는 하겐의 곁눈질을 알지 못했다. 하겐은 차문을 열었다. 차가움과 소음이 한꺼번에 차 안으로 몰려왔다. 그는 차문을 다시 닫았다. 차 안은 그전의 고요함과 쾌적함을 되찾았다.

"음악을 다시 틀까?" 하겐이 물었다. 클라라는 창밖을 바라보고 있었다. 차창은 점점 흐려졌다. 겨우 행인들의 실루엣과 뱅앤올룹슨의 환한 쇼윈도 정도가 보일 뿐이었다. 몇 번 저 가게에 간 적이 있지만 하겐은 그곳에서 뭔가를 산 적은 없었다. 비싼 가게였다. 그러나 하겐은 언제나 그 오디오가게에 대해서 말하곤 했다.

"뭐라고 했어?" 클라라가 하겐을 바라보았다.

"음악 듣겠냐고."

"응. 아마도."

그는 시디를 틀었고 몇 소절 듣고 난 뒤 클라라가 다시 꺼달라고 부탁했다.

그는 음악을 껐다.

"하겐, 넌, 이 시디밖에 없니?"

"왜?"

"우리가 알고 지낸 뒤로 언제나 이 시디만 듣잖아."

"라 루페 음악이야. 너도 좋아하잖아."

"나 때문에 듣는 거야?"

"나?"

"그래. 너."

"집엔 더 많이 있어."

"아, 그래?"

지나가던 행인 가운데 하나가 이상하게 굴었다. 다른 사람들처럼 그냥 지나가지 않고 멈추어 서더니 그들이 앉아 있는 차로 다가왔다. 희미한 형상이 점점 분명해지더니 얼굴만 차창 앞에 불쑥 다가왔다. 그 얼굴인 듯했지만, 뿌연 유리창 너머로 클라라는 확실하게 알아볼 수가 없었다.

"저것 좀 봐." 클라라는 어처구니없다는 표정으로 하겐을 바라보았다.

하겐은 똥 씹은 표정을 지었고, 클라라도 무슨 일이 벌어진 건지 단방에 알아차리고는 표정이 굳었다. 그녀는 더 이상 왼쪽도 오른쪽도 보지 않으면서 귄터가 한시라도 빨리 사라져주기만을 바랐다.

"갔어?" 얼마쯤 지나서 클라라가 물었다.

"아니, 아직 있어. 지금, 내 쪽에 있어."

내가 하겐의 입장이라면? 클라라는 생각했다. 멕시코 남자라면 벌써 차에서 내려서 저놈을 쫓아버렸을 거야. 저것 좀 봐, 겁을 내는 것도 아니면서 왜 저 인간을 그냥 내버려두는 거야? 나처럼 차 안에 앉아서 기다리는 것 좀 봐. 어쩌면 겁이 나는지도 모르지. 모두 권터의 얼굴을 알았다. 그리고 다들, 권터의 아버지가 누구인지도 알았다. 삼십 년 전, 그가 체포될 때의 사진과 텔레비전에 나온 장면들을 안 본 사람은 없었다. 들것에 묶여 있던 근육질의 벗은 몸, 성 세바스찬의 몸처럼 무너지지 않을 것 같은 강인함, 저런 아버지를 둔 사람은 무엇도, 누구도 두려워할 필요가 없을 것이다.

권터는 번갈아가며 차창을 두들기고 얼굴을 바짝 들이대었다. 그는 불과 몇 센티미터 떨어진 거리에 있었으나 그들을 보지 못했고 그들 또한 권터를 보지 못했다. 클라라는 각오한 듯 숨을 한 번, 또 한 번 내쉬고는 몸을 재빨리 앞으로 구부려서 하겐 쪽 차창에 낀 성에를 손으로 닦아내었다. 하지만 그 순간 권터는 몸을 돌리더니 가던 길을 계속 갔다. 클라라는 권터가 입은 후드의 가장자리에 돌려진 밝은 빛 털이 두 행인 사이에서 위아래로 오르내리는 것만 볼 수 있을 뿐이었다. 그녀는 다시 제자리에 바르게 앉았다. 지나칠 만큼 곧게. 그리고는 푹 한숨을 내쉬었다.

그녀는 귄터 없이 지낼 수 없다는 생각이 들 때마다 언제나 그의 사무실로 전화를 했다. 그는 하루 종일 수상 관저의 큰 유리책상에 혼자 앉아 있었으므로 전화 받을 시간은 충분했다. 그들은 자주 전화를 했다. 때로는 그녀가 때로는 그가. 이런저런 얘기를 나누기도 했고, 그냥 목소리만 들으려고 했어, 라고 하고는 끊기도 했다. 그러고는 한 시간 후면 다시 그들은 수화기를 잡았다. 하겐이 전화를 거는 경우는 드물었는데, 그가 전화를 할 땐 늘 용건이 있었다. 언젠가 귄터가 그냥 전화를 했을 때 마침 클라라는 시간이 없었고 그 후 귄터는 다시는 전화를 하지 않았다. 클라라도 마찬가지였다.

"우리 타이 음식 시켜먹자." 하겐이 말문을 열었다.

"그래." 클라라가 대답했다.

"진짜 그러는 게 좋겠어?"

"응."

"정말?"

"그럼. 정말이지 않을 이유가 어디 있어?"

"좋아." 하겐은 차 시동을 걸었다. "그래, 타이 식당에서 시켜먹자고."

"하겐."

그는 시동을 다시 끄고는 "차라리 장을 보는 게 낫지 않아?"

라고 물었다.

클라라는 대답하지 않았다.

"나에게 요리법을 가르쳐주면 되잖아."

"달걀요리라면 그렇게 어렵지 않아." 클라라가 말했다.

"멕시칸 식으로?"

"그래. 우리 식으로."

"오케이. 내가 장을 봐올 테니 차에 앉아 있어."

그녀는 다시 아무 말도 하지 않았다. 그도 마찬가지로 입을 꾹 다물었다. 조금 있다가 하겐이 그녀에게 말을 걸었다. "빨강, 파랑, 아니면 하양이지?"

"응."

"근데 뭐가 뭐지?"

"빨간색은 토마토, 파란색은 고추, 그리고 흰색은 양파."

"좋아, 알았어."

한마디 말도 없이 클라라는 갑자기 차문을 열더니 내렸다. 그도 차에서 튀어나왔으나 채 바닥에 발을 딛기도 전에 그녀는 다시 차 안으로 들어가버렸다. 그도 다시 차 안으로 들어가 앉아 클라라의 손을 잡았다. 그는 언제나, 마치 처음 잡기라도 하는 듯 아주 조심스럽게 그녀의 손을 잡았다. 지금처럼. 그녀와 잠을 잘 때도 마찬가지였다.

"아버지가 어젯밤에 심장발작을 일으켰어."

그는 여자의 손을 놓았다.

"아니 이런, 어떡해?"

"응."

"얘기하지 그랬어."

"아니."

"아버지한테 갈 거니?"

"아니."

그는 다시 여자의 손을 잡고는 소심하게 자신의 손가락으로 여자의 손가락을 만졌다. 이번에도 역시 처음으로 그녀의 손가락을 만져본다는 듯 조심스럽게.

"하겐."

"응."

"너, 단 한 번이라도 진짜, 내 손을 잡아볼 수는 없니? 단 한 번이라도."

"응."

그는 여자의 손가락을 움켜쥐었다. 하지만 그녀는 성에 차지 않는 듯 고개를 저었고 그는 더 세게 쥐었다.

"아파!"

"미안, 클라라."

그녀는 눈을 감고는 아무 말도 하지 않았다. 그녀는 노란색의 아주 커다란 접시를 떠올렸다. 집에 있는 접시와 비슷하나 그놈보다 훨씬 큰 놈. 접시 위에는 토르티야멕시코의 둥글고 얇게 구운 옥수수빵가 있었고 아버지가 그 안에 마치 수의壽衣에 싸여 있는 것처럼 말려 있었다. 벌거벗은 채였고 감은 눈에는 동전이 붙어 있었다. "아빠." 클라라가 조용히 불렀다. "그래, 내 천사야." 아버지도 조용히 대답했다. 아버지는 눈을 떴고 그러자 동전이 바닥으로 떨어졌다.

"내 알록달록한 돌들은 어디 있어요?"

"야스티틀란에서 가져온 돌 말이냐?"

"예."

"독일로 가져갔잖니."

"아니에요."

"아냐, 가져갔어."

"정말요?"

"그럼, 네가 트렁크에 넣어놓은 걸 보고 그 무거운 걸 가져가려고 하다니 제정신이냐고 했지만 넌 막무가내였지."

"그랬죠. 그런데 지금 그 돌들은 어디에 있을까요. 어디 있는지 못 찾겠어요."

"정말 잘 찾아본 거니?"

"예, 어젯밤에요, 엄마 전화를 받고 난 뒤 금방요."

"트렁크 안도 살펴보았어?"

"아니오."

"아직 그 안에 있을지도 몰라."

"아니에요."

"살펴보라니까."

"그럴게요, 아빠."

"그래, 그러렴. 그리고 지금은 나를 좀 쉬게 해다오."

"기다리세요."

"안 된다."

아버지는 눈을 감았다. 영화처럼 장면이 앞으로 돌아가더니 바닥에 떨어진 동전이 휙 하고 위로 날아가 눈꺼풀에 붙었다. 아버지의 눈꺼풀에 붙었으나 마치 제 눈꺼풀에 붙은 듯 차갑고 둔중한 금속 느낌이 클라라에게 밀려왔다. 너무 무거워 눈을 뜰 수 없을 것 같았다. 마침내 눈을 떠보니 차는 쇼시 거리를 달리고 있었다.

"우리 어디로 가는 거야?" 클라라가 물었다.

"집."

"장보기로 했잖아."

"클라라. 너, 오늘, 좋은 상태가 아니잖아." 하겐이 근엄하게 말했다.

"한 번 더 말해줘, 꼭 그렇게 방금처럼."

"뭐라고?"

"그렇게 똑같이."

그는 대꾸하지 않았다. 여자를 쳐다보지 않았고 손도 잡지 않았다. 자동차 핸들을 잡고 앞만 바라보았다. 저 핸들처럼 날 붙잡으면 얼마나 좋아, 여자는 생각했다.

"너, 언제나 날 그렇게 꽉 붙들어야 해." 클라라는 하겐의 어깨에 머리를 기댄 채 그와 함께 앞에 가는 자동차들을 바라보았다. 어둠 속에서 차의 미등은 그녀가 야스티틀란에서 가져온 돌만큼 눈부시게 빛났다. 그녀는 고양이처럼 하겐의 어깨에 머리를 비볐다. 그는 가볍게 몸을 빼었으나 그녀는 개의치 않았다. 조금 지나 하겐은 다시 클라라 쪽으로 다가왔다.

"음악 틀어도 돼?"

그들은 베테라넨 거리로 올라가고 있었다.

"아직 배가 고프니?"

"아니, 지금은 안 고파. 하지만 좀 있으면 고플 거야."

그녀는 곡을 앞으로 돌리다가 7번 곡에서 멈추었다. 모든 시디에서 7번 곡이 언제나 제일 좋은 법이다. 볼레로였다. 라 루페가 그 노래를 부르지 않았더라면 밋밋했을 뻔한 볼레로. 그녀는 이 볼레로를 이미 천 번은 넘어 들었고 앞으로도 천 번은 더 듣게 되리라. 인생이 그러하듯이. 모든 것은 늘 그대로인 채 변하지 않으며, 행운이 있다면, 아름답게 보이리라.

"네 일이 아니면 끼어들지 마." 라 루페는 아즈테카 스타디움에서 만 명이 넘는 청중 앞에서 노래를 부르고 있었다. "네 일이 아니면 끼어들지 마….”

“네 일이 아니면 끼어들지 마.” 클라라도 조용히 따라 불렀다. “끼어들지 마….”

80센티미터의 나쁜 기분

크라카우에 있는 카페 림,

둘은 그곳에서 알게 되었다. 지금 그들은 루블라냐에 있는 카페 에브로바에 앉아 있다. 그런데 그게 실수였다. 빗줄기가 높은 카페 창에 빗금을 그으며 흘러내렸다. 대낮이었지만 차들은 대부분 전조등을 켜고 달렸다. 유리문으로 슬로벤스카 가로수길이 저 끝까지 내다보였다. 그 끝에서 율리알프스의 하얀 언덕이 여전히 지난 빙하기의 고된 여독을 풀고 있었다. 바깥은 우울하고 어두웠다. 안도 마찬가지였다.

"정말로 갈 거야?" 젊은 여자가 물었다. 그녀는 머리색이 밝고 눈이 짙었으며, 서른쯤 된 여자의 신중한 미소를 머금고 있었다.

"응." 남자가 말했다. 그는 여자보다 열 살 위였고 여자는 처음부터 이 나이차야말로 안성맞춤이라고 생각했다.

"우리 두브로니크로 갈까? 그곳은 아직 더우니까." 여자가 말했다.

"너 때문이 아냐."

"그럼 로비니는 어때? 로비니는 아름답잖아."

"진짜 너 때문이 아니라니까."

"진짜?"

"응. 안에서부터 바깥쪽으로 점점 부서져가는 느낌이랄까, 지금 내 느낌이 그래."

"여기서는 이 계절이면 많은 사람들이 그렇게 느껴."

"그래?"

"아직 안개가 끼지 않은 걸 다행으로 생각해. 안개까지 끼면 사람들 모두 이곳을 떠나려고 할걸."

"집으로 돌아가면 기분이 나아질 거야."

"음, 그러니까 나 때문이구나."

"아냐, 당신은 나무랄 데 없는 여자야."

슬로벤스카 가로수길에 드리운 하늘은 더욱 어두워졌으나 산 뒤로 밝은 빛 한 가닥이 오고 있었다. 하늘이 개일 때까지 기다려야 할까, 그러면 아마도 이 느낌이 사라질지 몰라, 하고 그는 생각했다. 그는 일어나면서 말했다. "나, 갔다 올게. 기다릴 거지?"

여자는 남자를 진지한 눈으로 바라보더니 그의 손을 잡았다. 놓지 않을 듯 세게 잡았으나 남자가 손을 빼내자 쉽게 풀려나왔다.

"어쩌면 비행기 티켓이 없을지도 몰라. 이런, 이젠 속까지 안 좋아."

"나도 그래."

남자는 빗속으로 나갔다. 몇 미터 걷다가 어떤 집 문 앞에 멈추어 섰다. 온종일 걸은 듯 다리가 무거웠다. 빗방울은 더욱 굵어졌다. 다행히 몇 백 미터 떨어진 곳에 여행사 사무실이 있었다. 그가 선 자리에서 벌써 루프트한자의 빛나는 노란 간판이 보였다. 그 간판을 보니 문득 베를린에 있는 집에 벌써 도착한 것 같은 기분이 들었다. "자, 몇 걸음만 더." 그는 큰 소리로 혼잣말을 했다.

카페로 돌아오기까지 채 이 분도 걸리지 않았다. 후다닥 뛰어들어와서 몸집이 크고 과묵한 종업원 곁을 지나면서 에스프레소 한 잔을 더 시키고는 안도의 한숨을 내쉬며 자리에 풀썩 주저앉았다.

"해냈어."

"언제야?"

"내일 아침."

"그러면 오후에 병원에 갈 수 있겠네."

"병원? 왜?"

"당신 우울증 말야."

"우울증…. 아, 그거."

여자는 손가락뼈가 희게 불거질 때까지 물잔을 움켜쥐었다. 유리잔이 깨졌다. 다치지 않은 게 기적이었다.

"의사에게 내 얘기도 해줘. 아냐, 그만둬. 당신이 그 말을 할 리가 없지." 여자는 자리에서 일어섰다.

"아냐, 당신이 원하면 할게."

"이타이, 당신이 원하는 게 뭘까?"

여자는 돌아서 나가려다가 하마터면 종업원과 부딪칠 뻔했다. 종업원은 에스프레소와 물잔이 올려진 쟁반을 천천히 내려놓고는 탁자에 흩어진 유리파편들을 조심스레 줍기 시작했다. 그녀가 슬로베니아어로 뭔가 말하자 그가 미소를 지었다. 여자도 미소를 짓더니 거짓말처럼 가버렸다. 그녀는 큰 유리문을 열기 전 몇 초 동안 그대로 서 있었다. 그러고는 슬로벤스카 가로수길로 내려갔다. 현관에 말라비틀어진 종려나무가 서 있는, 삼십년대에 세워진 검은 빌딩쯤에서 그는 그녀의 모습을 놓쳤다. 비는 더 이상 내리지 않았다. 하지만 바람이 불어 보도 위의 종잇조각과 나뭇가지들을 쓸고 있었다.

크라카우에서는 모든 게 쉬웠다. 하긴, 전부 다 쉬웠던 것은 아니다. 그녀가 찾아가곤 하던 마이크로소프트사의 젊고 뚱뚱한 남자는 그녀에게 반했지만 그녀는 그를 좋아하지 않았다. 그녀는 이타이에게 반했지만 이타이는 그녀에게 마음이 없었다. 이타이는 그걸 알았다. 하지만 그녀는 그것을 눈치 채지 못했고 그래서 그에게 루블라냐로 오라고, 그러면 다 좋아질 거라고 말했다. 루블라냐로 오기 전 그는 하루에도 열 번씩, 다 좋아질 거야, 라고 말했다. 루블라냐의 공항에서 그녀를 보았을 때 그는 생각했다. 아냐, 좋아지지 않을 거야. 그들은 택시를 타고 시내로 들어왔다. 그녀는 성과 강, 다리를 보여주었다. 모두 크라카우처럼 예뻤다. 다만 크라카우보다 많이 작았고 덜 엄숙해 보였다. 비가 쉬지 않고 내렸다. 둘은 그녀의 집으로 갔고 그녀는 자신의 침대를 보여주었다. 집에는 그 침대 하나뿐이었고 침대의 폭은 80센티미터였다. 그 침대를 보자 종일 구역질을 참고 있었다는 것을 남자는 알아차렸다. 하지만 그는 여자와 함께 이 침대에서 정사를 가졌다. 한밤중에 그는 잠이 깨었다. 자꾸 눈이 떠졌다. 아침에 그는 그녀에게 말했다. 나, 우울해.

"괜찮아." 그렇게 말하고 그녀는 그에게 키스했다.

"하지만 나는 괜찮지 않은데. 나, 당장 베를린으로 돌아가고 싶어." 그가 말했다.

그건 오늘 아침 일곱시가 막 지나 일어난 일이었다. 지금은 오후 두시. 그리고 그는 아직 이 루블라냐에 열여섯 시간이나 더 있어야 한다. 그는 여행 가이드북을 재킷주머니에서 끄집어내어서

읽기 시작했다. 바로크, 플레츠니크, 루블라니카, 그리고 일 년에 백이십 일 동안 드리운 안개. 어디엔가 자기 마누라를 그토록 미워했다는 시인 프레세렌의 동상. 그의 뒤에는 반쯤 벌거벗은 뮤즈가 그의 애인 율리아가 살던 집을 가리키고 있다고 한다. 시장도 아주 아름답다고 했다. 아래로 내려가 물가에 앉을 수도 있고 구운 멸치도 먹을 수 있으며 붉은 벽돌로 지은 프란체스카 교회도 올려다볼 수 있다. 아니면 프레세렌과 그의 뮤즈든가. 나는 차라리 뮤즈를 바라보리라. 그런 생각을 하는데 또 속이 울렁거렸다.

"좀 나아졌어?"

그가 눈을 들었다. 그녀가 돌아와 있었다. 머리칼은 헝클어졌고 콧등과 이마에는 작은 땀방울인지 빗방울인지가 맺혀 있었으며 애써 미소를 짓느라 입꼬리를 위로 끌어올리고 있었다. 하지만 그건 미소도 뭣도 아니었다.

"응."

"여기 앉아도 돼?"

"그럼. 물론이지."

그녀는 그의 옆에 닿을 듯 앉아서는 그의 손을 잡았다. 꼭 잡고는 엄지손가락으로 그의 엄지손가락을 위에서 아래로 자꾸만 문질렀다. 아직 열다섯 시간하고도 오십 분이나 남았군, 남자는 생각했다.

남자가 아이였을 때도 그랬다. 무언가 원하지 않을 때면 언제나 속이 울렁거렸다. 아니면 어떤 둔중한 느낌이 그를 누르는 듯했다. 그도 아니면 그 두 개의 느낌이 한꺼번에 오든가. 텐트가 있는 야영장에서 보내는 첫 일주일은 언제나 파탄이었다. 피아노 치는 시간, 어머니가 담낭수술을 받는 바람에 아버지 집에서 한 달을 보낼 때도 그랬다.

"멸치구이 좋아해?"

"응."

"우리 그거나 먹으러 가자."

"그래, 그러지 뭐."

그러고도 잠시 그들은 그대로 앉아 있었다. 종업원이 왔다. 그녀가 계산을 했다. 종업원이 가고 난 뒤에도 둘은 일어서지 않았다. 그들은 그냥 유리문만 뚫어지게 바라보았다. 카페 안은 여전히 어두웠다. 그렇지 않더라도 이곳은 밝아 보일 턱이 없었다. 의자는 갈색이 나는 코듀로이였고 먼지가 자욱이 앉은 등은 탁자 바로 위까지 내려와 매달려 있었으며 카페 한가운데에는 커다란 검은색 피아노가 놓여 있었다. 유리문 바깥은 점점 분위기가 밝아졌다. 알프스에 걸려 있던 밝은 햇빛 한 가닥이 이미 유리문을 온통 비추었고 해는 슬로벤스카 가로수길까지 왔으며 자동차들은 전조등을 끄고 달렸다.

"가자, 시내로 가보자. 우리 시간이 별로 없잖아." 남자가 말했다.

"당신, 시간이 얼마 없어." 여자가 말했으나 그는 듣지 않았다.

그는 벌떡 일어나 문 앞으로 갔다. 삼 주 전, 크라카우에서 베를린으로 가는 기차 안, 그때 나는 어떻게 앉아 있었던가. 칸막이가 쳐진 좌석에 앉아 안도했다는 듯 머리를 서늘한 차창에 기대고 다시는 떠나지 않으리라 맹세했지. 정말 싫어, 집을 떠나는 건. 그러나 베를린에 도착하자마자 벌써 크라카우가 그리워 우울해졌다. 루블라냐도 그러하리라. 천천히 말라가는 보도를 밟으며 그는 그렇게 생각했다. 하지만 그가 찾아왔던 이 여자만은 그립지 않으리라.

일라나에 대한
불안

그들은 딱 한 번,

한자리에 모인 적이 있었다. 모두 함께였고 블라덱은 아무 문제를 일으키지 않을 것처럼 보였다.

그전에 블라덱은 종일 이상한 소리를 해대곤 했다. 이렇게는 더 이상 안 된다고. 날 이렇게 깔보다니, 차라리 나, 저 여자를 데리고 가겠어, 영원히! 일라나가 없다면 죽은 것이나 마찬가지야. 난, 혼자서는 살 수 없어.

그래서 그들은 만나게 된 거였다. 블라덱, 일라나, 우리Uri, 남자 이름 그리고 일라나의 독일 친구. 일라나의 친구는 블라덱이 하도

엄격하게 구는 바람에 그는 마침내 이런 말을 할 지경에까지 몰렸다. 오케이. 이건, 오케이야. 나, 다 이해했다고. 그게 끝이 아니었다. 그는 말을 이었다. 이건 내 속에 든 비이성이야. 나도 미워하는 나의 한 면이지. 천 명의 작은 악마가 말이야, 내 속에서 삼지창으로 심장을 쿡쿡 찌른다니까. 하지만 이제 더 이상 아프지 않아, 모두 오케이야. 누구도 나 때문에 걱정하지 않아도 돼.

나가면서 블라덱은 우리를 안았다. 그러고는 자신과 일라나의 행운을 기원했다. 하지만 그건 정말 말도 안 되는 짓이었다. 그 집은 그와 일라나가 함께 살던 집이었다. 아니 제 집에서 나가버리다니. 그리고 적수인 우리를 포옹하다니.

그는 거의 숨이 막히게 우리를 끌어안았다. 우리는 그 의미를 이제야 이해했다. 그는 농구로 단련된 긴 팔로 우리의 윗몸을 마치 덩굴식물이 감겨드는 것처럼 안고는 꽉 눌렀다. 우리는 숨이 막혀 창피하게 캑캑대는 소리를 내야만 했다. 하지만 일라나는 그걸 듣지 못했다. 아마 그녀의 독일 친구는 들었는지도 모르겠다.

어제 다시 경찰서로 갔을 때 그녀는 우리에게 말했다.

블라덱과의 만남은 헛된 것이었어. 그 눈빛 좀 생각해봐. 처음부터 끝까지 그놈의 고집스런 눈빛이라니. 마치 언제나 단 하나만의 외고집스런 생각만 하는 놈들이나 가졌을 법한 눈빛이잖아. 그런 놈들은 안에만 갇혀서는 바깥을 내다보지 않는다니까. 난 분명히 알 수 있었어. 그리고 누구든 보려고 하면 그런 눈빛은 알아볼 거고. 그래서 염병할, 우리, 네가 날 잘 보호했어야지, 밤이고 낮이고 간에 망을 보면서 말이야, 네가 밸런타인데이에 103카페에 그렇게 늦게 나타난 건 정말 어처구니없는 일이었다고. 그 빚은 네가 져야 하는 거야.

이런 망할 소 같은 년, 그렇게 말하는 걸 보니 나까지 블라덱 같은 멍청이로 생각하는 거 아냐.

그리고 지금. 이미 늦은 시간이었다. 그래서? 그래, 난 언제나 그런 놈이다. 나도 어쩔 수 없는 일이야. 일라나와 블라덱의 옛집 열쇠 때문에 약속을 했던 부동산중개인은 아직 그를 기다리고 있었다. 일라나도 나를 기다렸더라면. 그녀는 언제나 우리를 기다리지 않았다. 밸런타인데이, 그날 저녁에도. 그녀는 혼자 가버렸고 그리고 그 일이 일어났다. 사람들은 웬만해선 우리를 기다렸다. 그에게 바라는 일이 있을 때, 그리고 아무것도 바라지 않을 때도 그들은 기다렸다. 부동산중개인은 촌티가 줄줄 흐르는 수다스런 서베를린 출신이었다. 당연히 그는 아무것도 모르는 것처럼 굴었다. 나중에 우리가 맥주 값을 계산할 때를 제외하고는. "한 시간 안에 맥주를 넉 잔이나 마시다니, 술 많이 마시네요." 사내는 이미 쉰을 넘긴 듯했는데, 회색 모직양복에다 낡은 이탈리아제 구두를 신고 있었다. 103카페에 있는 젊은 사람들에 비하면 오래된 후줄근한 자동차처럼 보이는데도 나가면서 우스꽝스럽게 리듬에 맞추어 걸어갔다.

우리는 그의 뒷모습을 보았다. 창문을 통해서 그 늙은 사내가 군청색 BMW에 몸을 싣는 것을 보면서 곰곰 생각에 빠졌다. 밸런타인데이 저녁, 둘이서 그녀의 마지막 물건을 집 안에서 실어 나오기로 약속한 날, 그날도 일라나는 언제나처럼 카페 입구 옆의 유리문 가에 앉아 있었다. 그곳에 다시는 앉지 않으리라, 그게 내가 할 수 있는 최소한의 예의이리라. 그전에 그는 전화를 걸어 말했다. 무슨 일이 생겨도 혼자서 그 집에 들어가지 마. 꼭 시간에 맞춰 갈게. 만일 내가 늦더라도 기다려. 무슨 일이 있어도. 하지만 그녀는 우리를 기다리지 않았다. 그녀를 목격했던 종업원들이 말하기를 오 분 정도 기다리다가 그녀는 다시 나갔다고 했다. 마실 것도 주문하지 않고 그곳에 앉아 있다가 재빨리 몇몇 신문을 뒤적이더니 튀듯이 일어서서는 바로 나갔다는 것이었다. 그곳에서 그녀는 말했다고 한다. 먼저 갈 테니까 뒤따라오라고 전해주시겠어요? 그녀는 서둘렀고 평소보다 더 조바심을 내었다고 한다. 그래서 머리칼을 금발로 물들인 서빙 담당의 시리아 여자가 그녀에게 물었다고 한다. 왜 그렇게 조바심을 내세요? 그 옛집에서 옛 남자를 마주치고 싶지 않아서요. 절대로 마주치고 싶지 않아서. 하지만 그들은 그곳에서 마주쳤고 그는 목욕탕 문 뒤에 서 있다가 그녀의 목을 졸랐다.

밸런타인데이 저녁, 크리스티넨 거리에 도착했을 때 우리는 어쩐지 느낌이 불길했다. 계단의 전등은 언제나처럼 나갔고 이층에 있는, 둘이 살던 집의 열린 문에서 비스듬히 새어나오는 불빛이 층계를 비추었다. 우리는 부리나케 계단을 올라가다가 미끄러졌고 가까스로 마지막 순간에 계단손잡이를 잡았다. 만일 손잡이를 붙들지 않았더라면 우리는 떨어져서 중상을 입었을 것이다. 집 안은 죽음처럼 고요했다. 방마다 불이 켜져 있었고 고요함은 너무나 깊었는데 그건 집 안이 텅 비어 있었기 때문이었다. 그러다 우리는 어떤 소리를 들었다. 탁탁, 나직하고 규칙적으로 들려오는 탁탁. 그는 소리를 좇아 목욕탕까지 갔다. 처음에 우리는 블라덱을 보았다. 그는 뻣뻣한 채 비스듬히 서 있었다. 저렇게 오만상으로 찌그러진 얼굴을 우리는 지금까지 본 적이 없었다. 블라덱은 손을 쫙 펴 목덜미를 두드리며 중얼거렸다. "그럼 나는? 나는? 나는?" 일라나는 그의 앞, 바닥에 누워 있었다. 욕조 바로 옆에. 그녀는 키가 욕조의 길이보다 컸는데 우리는 처음 이 욕조를 보았을 때 욕조가 그녀보다 작으면 어떻게 그 안에서 목욕을 할 수 있는지 자문한 기억이 났다. 그는 일라나 위로 몸을 굽혔다. 보랏빛으로 물든 그녀의 얼굴이 보였고 보랏빛으로 얼룩얼룩한 입술도 보였다. 눈 속에는 수많은 작은 붉은 점이 찍혀 있었고 목에는 붉은빛과 흰빛의 줄무늬가 지나갔다.

예전에 둘은 103카페에서 자주 만났다. 정오 무렵, 우리는 막 깨어나고, 일라나는 이미 몇 시간을 책상 앞에서 보내고 난 뒤 아침을 먹기 위해 만났던 것이다. 그들은 이른 저녁에 여기에 오기도 했는데 그 저물녘을 일라나는 하루 중에 제일 사랑했다. 때때로 밤에도 여기에 앉아 있었다. 몇 시간이고 창문 옆에 놓인 의자에 앉아 네거리와 전차를 바라보기도 했다.

"마지막 담배다. 이것만 피우고 나가자! 이게 마지막 맥주야. 그리고 가자." 종종 그때가 가장 아름답고 긴 저녁이었다. 그들은 심지어 103카페에서 처음 만나지 않았는가! 여기에서 처음으로 말다툼을 했고 이곳에서 밤나무 가로수길에 있는 집을 빌리겠다는 계약서에 서명을 하기도 했다. 그 새집에서 일라나는 딱 이 주일을 살았다. 이 바보가 옛집에서 일라나를 목 졸라 죽였기 때문에. 이 순간 핸드폰이 울렸다. 부동산중개인이었다. 열쇠가 바뀌었네요, 제게 다른 열쇠를 주셨어요. 우리는 주머니를 살펴보았다. 진짜네. 그는 손에 크리스티넨 거리의 열쇠를 들고 있었다. 부동산중개인은 밤나무 가로수길 열쇠를 가졌을 것이다. 젠장, 진짜 좋은 일이 일어났군. 오늘 집 안으로 들어가지도 못하다니. 하긴 집으로 돌아갈 생각이 오늘밤에는 나지도 않았다. 그는 대답도 하지 않고 전화를 끊고는 아예 핸드폰마저 꺼버렸다.

일라나는 말하곤 했다. 블라덱이랑 잘 때는 언제나 곧 오르가슴을 느꼈어. 그녀는 블라덱을 미워했다. 그래, 적어도 그들이 마지막으로 헤어질 무렵에는 말이다. 처음부터 미워하지는 않았을 테니까. 그녀는 그 바보를 그렇게 미워했으나 그와 잠을 잘 때는 금방 절정에 다다랐다.

그런데 왜, 나랑 할 때는 그렇게 시간이 오래 걸려? 언젠가 일라나의 안으로 들어갔을 때 그는 그렇게 물었다. 때때로 아예 흥분도 하지 않잖아, 왜?

"왜냐하면 난, 널 사랑하니까."

일라나의 말이었다. 하지만 우리는 지금까지도 그 말이 무엇을 뜻하는지 알 수 없었다.

젊은 남자의 권리

며칠째 폭풍이 불었다.

그러다 종종 하늘은 눈이 부실 만큼 화창해졌다. 위를 올려다보기가 겁이 날 정도였다. 그러다가 다시 어두워졌다. 후텁지근한 사월의 바람이 쓰레기와 부러진 나뭇가지들을 몰고 다녔다. 때때로 가까운 곳에서는 열린 창문이 창틀을 치더니 갑자기 유리가 깨지는 소리가 들려오기도 했다. 비행기는 계속 연착했다. 나는 매일 밤 다른 도시 다른 호텔에서 지냈다. 아침에 눈을 뜨면 목록에서 도시 이름 하나를 지웠다.

프랑크푸르트에서는 부모님 집에 묵었다. 아주 오랫동안 프랑크푸르트에 가지 못했다. 재판이 끝나자마자 그곳의 집을 정리하고 이사를 했다. 나는 프랑크푸르트와 아무 문제가 없었으나 프랑크푸르트는 나와 문제가 있는 성싶었다. 나는 그리 개의치 않았으나 언제나 그리고 영원히 나를 무죄선고를 받고 풀려난 범죄자 취급을 하는 사람들에게 둘러싸여 있고 싶은 생각은 없었다.

여행 가방을 복도에 두고 세수하고 난 뒤 라우머 카페로 갔다. 옛날에 알고 지내던 사람들을 만났으면 좋겠다고 생각했다. 그러면 뭔가 달라진 것을 확인할 수도 있을 터이니. 하지만 그곳에서 아무도 만날 수 없었다. 젊은이들보다 나에게 조금은 더 관대했던 늙은이들(적어도 나에게는 그렇게 비쳤다.) 또한 그곳에는 없었다. 그들은 왜 나에게 관대했을까. 아마도 전쟁 중에 때때로 나처럼 굴었기 때문은 아니었을까. 그들은 지금까지 우리와 그 시절 이야기를 하지 않았다. 그 시절 이야기를 할 기회가 와도 그 시절에 한 일에 대해서는 발설하지 않았다. 그들이 우리에게 들려주는 이야기는 그 시절, 그들이 무슨 일을 당했는가 하는 것이다. 나의 아버지도 그랬고 다른 이들도 마찬가지였으나 미리암의 아버지만은 조금 더 정직했다.

나는 돈을 탁자에 두고 나왔다. 바깥으로 나왔을 때 그 돈이 충분치 않다는 걸 알았지만 카페로 돌아가지는 않았다. 나는 보켄하이머 국도를 따라 문학의 집으로 천천히 걸어갔다. 아직도 시간이 많이 남아 있었다. 갑자기 어두워지더니 바람이 등을 치고 지나갔다. 나는 비틀거렸다. 그러다 다시 바람이 잦아들고 희고 차가운 태양이 구름 사이로 다시 모습을 드러냈다.

로트실드 거리 모퉁이에 그녀가 서 있었다. 그녀는 나를 보지 못했다. 그녀를 알아보았을 때 나는 재빨리 몸을 돌려 오던 길로 되돌아 걸어갔다. 몇 분 후 나는 다시 몸을 돌렸다. 그러고는 그녀를 향해 곧장 걸어갔다. 그녀의 눈을 보면서, 그리고 그녀 역시 내 눈을 보면서.

"안녕."

"아리엘."

"잘 지내니?" 그러려고 한 것이 아니었는데 나는 딱딱하게 말을 했다.

"너도?"

그녀는 나이가 들어 보이지 않았다. 하지만 어쩐지 달라 보였다. 아마도 괴로움 때문은 아니었을까? 아니면 그녀의 인상은 언제나 그랬는데 내가 미처 알지 못했나? 어쨌든 그녀는 그전보다 훨씬 유대인으로 보였다.

"난 잘 지내. 아니, 그렇지 않아, 미리암."

"안됐구나."

"그래. 애석한 일이지."

"낭독회에 갈게."

"뭐라고?"

"가면 안 되는 건가?"

나는 그녀의 손을 잡고 싶었다. 하지만 그녀는 눈치를 채고는 한 걸음 뒤로 물러났다. 나는 한 걸음 앞으로 다가가서는 손을 내밀었다. 그녀 역시 손을 내밀었다. 우리들의 손가락이 닿았다. 나는 속이 울렁거렸다. 그녀가 말했다.

"그만둬. 나 울지도 몰라."

그녀가 차라리 울었더라면 나는 그럴듯하다고 받아들였을 것이다.

"그래, 미안해."

낭독회가 진행되는 동안 그녀는 내가 볼 수 없는 곳에 앉아 있었다. 내가 읽은 이야기는 청중들에게 잘 다가가지 않았다. 잘 다가갔는지도 모르겠지만 낭독 중에 딴 생각을 하느라 반응을 살필 겨를이 없었다. 나중에 나는 다른 사람과 짧게 이야기를 나누었고 미리암은 어딘가에서 나를 기다렸다. 그러다 갑자기 그녀는 사라졌다. 나는 묵중한 것이 사라진 양 가벼워졌다. 하지만 그녀 말고 왜 다른 오래된 벗들은 이곳에 오지 않았단 말인가. 다른 사람들은 이졸레타 카페로 가려 했지만 나는 미리암에게 가기로 결심하고 그들에게 작별을 고했다.

그 일이 일어나고 난 뒤로 그녀는 혼자 살고 있었다. 그녀의 아버지는 노르트엔드에 집을 한 채 가지고 있었다. 바우 거리와 슈바르츠 거리가 교차하는 좁고 커브가 심한 그곳을 자동차들은 조심조심 달려야 했다. 조금은 플로렌스를 연상하게 만드는 곳이었다. 그 집을 혼자 차지하고 살 수도 있으련만 그녀는 제일 작은 집을 구했다. 나는 딱 한 번 그 집을 방문했다. 프랑크푸르트를 떠나기 직전의 일이었다. 우리는 부엌에 있었다. 나는 그녀를 들어 올려 냉장고 위에 앉혔다. 하지만 그녀는 엘다드를 생각했다, 아니면 그와 비슷한 생각이거나. 우리는 멈추었다. 그런 다음 나는 곧 그곳을 떠났다.

지금 나는 다시 왔다. 초인종을 눌렀다. 그녀가 곧 문을 열어주었다. 그녀는 위층 문 앞에 서 있었다. 그녀는 키가 컸고 아주 깡말랐으며 문손잡이를 잡고 기대어 있었다.

"낭독이 아주 좋았어."

"진짜?"

"그래. 알잖아, 글 읽는 네 모습을 내가 좋아한다는 걸."

"잊어버렸어."

"그 낭독 그리워했어."

"나는 네가 그리웠어."

"그래. 나도."

우리는 부엌에 앉았다. 하지만 그녀는 나에게 뭘 좀 마시겠냐고 묻지 않았다. 탁자는 창문 옆에 있었다. 이야기를 하는 동안 창문을 내려다보면 폭풍 속에 나무들이 이리저리 흔들렸다. 검은 잎과 나뭇가지들 사이에 언제나 달은 나타났다. 평범한 달, 그리고 이래저래도 아무 상관없다는 달. 그녀가 물었다.

"너, 사귀는 사람 있니?"

"넌?"

우리는 둘 다 아무 말도 하지 않았다.

"난 그런 문제에 대해서는 아무 생각도 하지 않아." 그녀의 대답이었다.

"진짜?"

"응. 넌?"

"난, 생각을 하곤 해."

"좋은 일이야."

"하지만 그렇게 많이 하진 않아."

"거짓말 하지 않아도 돼. 어차피 상관없잖아."

"거짓말 아냐."

"일주일 후면 딱 사 년이 채워져."

"날짜까지 기억하니?"

"응."

"난, 그러고 싶지 않았어."

"나도 알아. 네가 그러려고 한 건 아니라는 거."

"정말?"

"네 죄가 아냐. 내 죄야. 그리고 그 사람 죄고."

"하지만 정작 그 일을 한 건 나잖아."

"네가 하지 않았더라면 그 사람이 했을 거야."

"그랬다면 넌 지금도 그 사람하고 함께 살겠네."

"아마도."

"지금은?"

"지금, 그 사람이 죽은 지금?"

"그래. 그 사람이 죽은 지금."

"예전보다 차라리 지금이 나아."

"나랑도?"

"그래 예전보다 나아."

황급히 일어나는 바람에 의자가 바닥으로 쓰러지려는 걸 손잡이를 잡아 겨우 제자리로 밀어두었다. 다시 그전과 같아졌다. 아무것도 아닌 것보다야 나았다. 하지만 좋아진 것은 물론 아니었다. 우리는 자주 끝을 찾기 위해 애를 썼다. 어쩌면 시작을 찾기 위해서. 하지만 아무것도 이루어지지 않았다. 엘다드가 스스로 알아서 "노"라고 하지 않았기 때문이었다. 그는 단 한 번도 "노"라고 말한 적이 없었다. 그녀가 뭐라고 하건 간에 그에게는 아무 소용이 없었다. 그도 그럴 것이 다음날이면 그녀는 완전히 딴소리를 해대었기 때문이었다. 그 부드럽고도 차가운 엘다드가 내 집에서 군인들이나 사용하는 권총을 빼들었을 때야 결정이 이루어졌다. 누구도 그가 어떻게 그 권총을 이스라엘에서 독일까지 가지고 왔는지 알지 못했다. 그게 무슨 소용이겠는가. 아무튼 그는 권총을 빼들었다. 그 순간부터 모든 일은 그전과 다를 수밖에 없었다.

그녀가 나를 바라보았다.

"정말 사귀는 사람 없어?"

"여자? 있지." 거짓말이었다.

"예뻐?"

"몰라."

"넌 언제나 말을 그렇게 하지."

"그래. 나도 알아."

"그 여자 똘똘해?"

"응."

"유머도 이해할 줄 알고?"

"응. 대부분은."

"나랑 닮았어?"

"그만둬."

"나랑 닮았냐고?"

나는 텅 빈 탁자를 내려다보았다.

"나한테는 다 이야기할 수 있잖아."

예전에 나는 그녀를 패버리고 싶다는 생각을 할 만큼 그녀에게 화가 났었다. 물론 그렇게 하지는 않았다. 다만 가끔, 그러니까 우리가 사랑을 나누기 전 나는 그녀의 팔을 잡아 침대 쪽으로 밀거나 손으로 그녀의 목을 꽉 잡기도 했다. 그러면 그녀는 화를 냈고 내 위에 올라타서는 내가 통증을 일으킬 무언가를 해대곤 했다. 그게 무엇이었는지 지금 나는 기억할 수 없다.

"아리엘, 오늘밤 여기서 잘 거야?"

나는 부엌 문가에 서서 놀란 눈으로 그녀를 바라보았다. 그래, 그래, 그래.

"아니." 나는 말했다.

"알았어."

"잘 자, 미리암."

"너도."

바깥은 아직도 바람이 강했고 후텁지근했다. 걸으면서 보도만 바라보며 발밑에 깔린 회색 돌판을 세기 시작했다. 에셔스하이머까지 예순셋, 아니면 쉰세 개의 돌판. 에이센에크 거리까지 정확히 삼백 개의 돌판. 부모님 집 앞에 있는 공원용 벤치에 앉았다. 어린 시절 아직 집에 가고 싶지 않을 때면 그 벤치에 자주 앉아 있곤 했다. 바람은 외투 속까지 파고들어왔고 미겔 가로수길의 자동차 소음은 그전보다 훨씬 요란하게 들려왔다. 그 순간 나는 생각했다. 아버지 어머니는 하필이면 이번 주에 조덴 온천을 갈 건 뭐람. 어쩌면 그게 더 나을는지도 모른다. 그들은 늙었고 늙은 이들은 이런 상황에는 어떤 처신이 나은지 감지할 줄 알았다.

재판이 끝난 다음날 나는 미리암의 아버지를 라우머 카페에서 마주쳤다. 우리는 약속을 하지 않았지만 미리암의 아버지는 내가 나타날 것을 미리 알았던 눈치였다. 나 역시 그가 올 거라는 것을 짐작했다. 우리는 거의 동시에 들어섰고 뒤쪽 정원에 놓인 마지막 탁자에 앉았다. 주문하기 전에 그가 말문을 떼었다.

"아리엘, 그런 일을 겪은 사람은 평생 그 기억을 안고 사는 거다. 그래도 사람은 살게 돼 있어."

"미리암은요?"

"미리암도 그렇겠지."

"미리암도요?"

"그렇다네. 응석꾸러기지만 배우게 될 걸세. 그 일과 함께 사는 법을."

"미리암은 날, 더 이상 만나려고 하지 않아요. 헤르시코비츠 씨."

"그 아이에게 시간을 주게나."

"얼마나요?"

"그 아이가 필요로 하는 만큼."

"그 당시, 어르신에게는 누가 시간을 주셨나요?"

"나 말인가? 나는 스스로 내게 시간을 주었네. 그러다 보니 어느 날, 모든 게 다 괜찮아지더군. 그때 얼마나 기뻤는지 몰라, 내가 나에게 시간을 주었다는 게."

"몇 번이었어요?"

"한 번은 프레스부르크에서, 두 번은 코시체에서. 산에서 무슨 일이 일어났는지는 나에게 아무 의미도 없었지."

그는 내 팔에 손을 얹고는 나를 똑바로 바라보았다. 그는 현명한 인상을 가진 자그만 이였다. 숱이 많은 흰 머리칼은 그를 늙은 유대인으로 보이게 했다. 아니면 늙은 독일인의 모습이거나.

"아리엘, 뭐든 우리가 하기 나름이라네."

그는 부드럽게 내 팔을 잡아주더니 일어서서 다른 탁자로 갔다. 그곳에 그의 친구들이 있었다. 그들은 모두 늙었고 그처럼 연륜이 쌓인 사람들이었다. 그들이 죽인 사람들을 합하면 모두 몇 명쯤 될까?

마지막 바람이 지나갔다. 내 외투로 파고들어와 소매를 부풀렸다. 거의 목도리가 날아갈 뻔했다. 수많은 폭풍의 나날이 지나고 마침내 찾아온 고요. 마지막 바람은 마치 커다란 검은 고양이 꼬리 같았다. 영원히 마당 바깥으로 사라져버린 고양이 꼬리.

나는 일어나 바지주머니에서 열쇠를 꺼냈다. 아이 때부터 학교에서 돌아오면 바지주머니에서 꺼내던 바로 그 열쇠였다. 열쇠를 들고 나는 지금 문으로 간다. 그러다 다시 열쇠를 주머니에 집어넣는다. 몸을 돌린다. 쉬운 건 아무것도 없다고, 삶이 그러하고 갑자기 찾아오는 행운은 더더욱 그렇다고, 그때 나는 그렇게 생각했다.

당신은
그레타

그들은 코리너 거리와 센하우저 가로수길이 만나는 모퉁이의 신문가판대 앞에서 만났다. 흰 덧창에다 초록색 함석지붕을 얹은 가판대였다. 그레타에게 분장을 해줄 아가씨가 아직 그곳에 있었고, 모신문사는 그레타의 이름조차 모르면서도 수염을 기른 젊은 기자를 보냈다. 마르텐은 그들을 재빨리 돌려보냈다. 일본인인가 한국인인가 하는 키 작은 조수도 그렇게 오래 머물지 않았다.

벌써 네시 반. 사실 그들은 한시에 약속을 했다. 하지만 그레타는 언제나처럼 약속을 지키지 않았다. 한시에야 그녀는 함부르크를 떠났고 담토어에서 기차에 오르면서 시계를 보고는, 이런, 벌써 도착해 있어야 할 시간이네, 하고 생각은 했다. 하지만 전전긍긍하지는 않았다. 마르텐은 이름난 사진작가였고 그래서 그레타는 몇 주 전부터 오늘을 그렇게 기다렸다. 하긴 그녀도 무명은 아니었다. 그리고 지금까지 언제나 사람들은 그녀를 기다려주었다. 그러니 그도 기다리고 있을 거야.

전형적인 '그레타의 오전'이었다. 한카가 아이를 학교에 데려다줄 시간까지 그녀는 아직 잠자리에서 일어나지 않았다. 잠에서 깨어났을 때 집 안은 비었고 조용했다. 그녀는 잠옷을 입은 채 찻잔을 들고 창가에 섰다. 그린델 아파트촌을 바라보면서, 얼마나 많은 사람들이 저곳에서 살까, 하는 생각을 했다. 그 생각은 그녀에게 현기증이 일게 했다. 그다음 욕실로 가서도 그린델 아파트에 살고 있을 사람들 생각을 했다. 그들의 집, 아이들, 침대 등등. 그들 가운데 얼마나 많은 사람들이 나를 텔레비전에서 보았을까, 아니면 극장에서? 얼마나 많은 사람들이 내 이름을 알고 있을까, 혹은 내 이름을 크게 외쳐 불러대었을까? 그 생각이 다시 현기증을 불러일으켰다. 아들 생각이 났다. 오늘은 내가 직접 학교에서 집으로 데려와야겠어. 하지만 그녀는 학교로 가지 않았다. 마르텐이 그녀를 위해 헤이만 서점에 도쿄 사진첩을 맡겨두었기 때문이었다. 그녀는 그 책을 기차 안에서 볼 작정이었다. 하지만 서점에 가지도 못했다. 드디어 한시에 출발하는 ICE 기차 좌석을 하나 얻은 것만으로도 다행인 셈이었다. 그다음 기차는 두 시간 후에 있었고 IC 기차우리나라 무궁화호에 해당하는 독일 기차를 타는 것은 정말로 싫었다.

마르텐은 물론 그녀를 기다렸다. 틀림없이 신문을 파는 매점 앞에서 줄곧 서 있지는 않았을 것이다. 해 저물녘 그곳은 정말 낡았고 옛동독처럼 보였다. 하지만 그녀가 택시에서 내리자 그는 어느새 그녀 옆에 나타나 독일어로 말했다. "안녕하세요, 저는 마르텐이라고 합니다. 그레타 씨죠?" 목소리가 얼마나 높던지! 그런 다음 그는 조용히 말했다. 일을 하기에는 이미 너무 어두워졌어요. 그 순간 비가 내리기 시작했다. 하지만 그들은 어쨌든 해봐야 했다. 처음에는 번개가 쳐서 그녀를 둘러싸고 있던 낡고 검은 집들이 은빛으로 물들 때마다 그녀는 매번 놀랐다.

마르텐은 영리하거나 수줍거나 그도 저도 아니면 아주 다른 사람일 수도 있었다. 그녀가 뭘 해야 할지 지시도 하지 않았다. 그래서 그녀도 이것저것 시도하지는 않았다. 하지만 그녀가 뭔가 포즈를 취하면 셔터가 터졌다. 얇은 검은 원피스를 입고 있어서 추운데도 그녀는 멈추려고 하지 않았다. 하지만 사실 그녀는 늘 추위를 탔다. 여름에도 그랬다. 그러니 그것은 대단한 일이 아니었다. 그녀는 포즈를 취하면서 사진이 어떻게 나올까 상상했다. 키가 크고 좀 야위었으며 아주 크고 부드러우며 동정심을 불러일으키는 입술. 그 입술로 그녀는 이 세상의 모든 것을 가질 수 있었다. 아름답고 낡은 매점에 비스듬히 기대어 섰다. 거리는 12월 비를 맞으며 빛을 반사했다. 인생은 끔찍하게 아름답고 또 슬퍼 보였다. 언젠가는 끝날 것이었기에. 그레타는 딴 생각을 하려고 애를 썼다. 역에서 엘리아스에게 줄 좋은 그림책을 한 권 사야지. 친절한 늙은 마술사가 등장하는 그림책. 그 생각을 하자 기분이 조금 나아졌다.

"됐어요. 고마워요!" 갑자기 마르텐이 조용히 말했다. 그녀는 미소를 지었고 동시에 아, 내가 미소를 지었구나, 싶었다. 그러고는 차에서 가방을 꺼내 길거리 한복판에서 오버롤을 걸쳐 입었다. 디자이너 마야케의 가게에서 그 옷을 살 때 낙하산을 만들 때 쓰는 검은 비단으로 만들어진 덧옷이라고 종업원들은 말했으나 그녀는 그 말을 믿지 않았다.

오버롤 안에 입은 원피스를 벗고 다시 한 번 포즈를 취할 수 있겠느냐고 마르텐은 물었다.

"입으라고요, 아님 벗으라고요?"

"입으세요."

그녀는 매점 뒤로 가서 오버롤을 벗었다. 그 안에 입은 원피스를 벗고 다시 오버롤을 걸치고 돌아와서 기다렸다. 추워서 몸이 덜덜 떨렸다. 하지만 불평을 하지는 않았다. 마르텐은 렌즈 속을 들여다보았다. 카메라를 조금 더 높이 들고는 다시 한 번 렌즈 속을 들여다보더니 카메라 뚜껑을 닫았다. 오늘 일은 그걸로 끝이 났다. 둘은 파리 카페로 갔다.

카페 안으로 들어가자 몇몇 손님들이 그들을 쳐다보았다. 그녀는 아무 눈치도 채지 못한 척했으나 약간 현기증이 돌았다. 카페 주인은 그녀의 이름을 크게 부르더니 마르텐을 호기심 어린 눈으로 바라보았다. 그 모든 것은 이 초, 아니면 삼 초가량 걸렸다. 다행히도 주인은 그들에게 카페 전면에서 왼쪽에 있는 자리를 내어주었다. 탁자 위에 아무것도 놓여 있지 않은 단골손님을 위한 자리였다. 그들은 차가운 가죽의자에 나란히 앉았다. 이야기를 나누면서 그녀는 마르텐 쪽으로 쉼 없이 몸을 돌렸지만 마르텐은 그녀를 비껴서 창 너머로 어두워져가는 칸트 거리만 바라보았다.

마르텐의 머리칼은 짧고 갈색이었다. 그러나 그렇게 짧지는 않았다. 입도 아주 잘생겼는데, 자세히 보면 아주 잘생긴 건 아니었다. 마르텐은 남들도 그렇게 보아주는 나이보다 젊어 보이는 남자들 축에 속했다. 그레타가 〈킬 빌〉이라는 영화를 같이 본 남자가 그랬다. 끔찍한 경험이었다. 엘리아스의 아버지도 그런 타입이었는데 그런 타입의 남자를 자신이 좋아하는지 어떤지 그레타 자신도 알 수 없었다. 좋기도 했고 어떤 때는 싫기도 했다. 엘리아스 아버지의 경우, 그레타는 그런 남자를 좋아했다. 하지만 〈킬 빌〉이라는 영화를 같이 본 남자의 경우 빨리 짜증이 났다. 그들은 그 끔찍한 영화를 같이 보러 갔고 시작도 하기 전에 이미 모든 것은 끝나버렸다. 그녀는 영화관으로 오기 전에 한카와 함께 요가를 했다. 그래서인지 잔뜩 민감해져 있었다. 그러다 갑자기 많은 피와 공중을 날아다니면서 고래고래 소리를 질러대는 일본인을 영화에서 보았다. 그리고 주연을 맡은 우마라는 여배우는 언제나 슬픈 눈빛 아니면 악기 어린 시선으로 바라보곤 했다. 그걸 보자 그녀는 곧장 집으로 가야 했다. 그녀는 이 남자에게서 무작정 떠나고 싶었다. 남자는 영화관에서 그녀 옆에 앉아서도 그녀의 기분이 어떤지 눈치조차 채지 못했다. 삼십 분이 지나도록, 그래 우리 집으로 가자, 라고 말하지 않던 남자. 그녀는 집으로 돌아와 이를 닦은 후에도 한참을 칫솔을 든 채 욕조 가장자리에 앉아 보일러 위에 묻은 갈색 물자국을 들여다보았다.

"런던은 어때요?" 그녀가 불쑥 물었다.

"예, 괜찮아요."

"그래요, 정말요?"

"저는 1983년부터 런던에서 살았어요." 마르텐의 말에서 네덜란드 억양이 묻어났다.

"1983년부터요?"

"예."

"오래되셨네요."

"예, 오래됐어요."

"좋겠어요."

"으흠. 예."

그녀는 일어나 원피스의 주름을 폈다. 아직 추웠다. 화장실에서 프랑스에서 있을 촬영 건으로 베른힐드와 통화하면서 그녀는 거울 속 자신의 입을 바라보았다. 베른힐드는 아직 에이전시 사무실에 있었다. 베른힐드는 피곤하고 지루해 보였다. 그들은 통화를 빨리 끝냈다. 집으로 전화를 했다. 한카가 받았다. 아이는 이미 침대에 누웠으며 동화책을 읽어주고 있으니 내일 통화하라고 그녀는 말했다.

"제 모습이 언제나 우습게 여겨져요." 그레타가 말했다.

"그래요?"

"예."

"왜요?"

"너무 말랐어요. 그리고 전 제 입이 맘에 안 들어요."

"오케이."

"어릴 때부터 맘에 안 들었어요. 다른 사람들은 언제나 제 입이 크고 예쁘다고 말했지만요."

"정말요? 어릴 때부터요?"

"예. 제 아들도 제 입을 닮았는걸요."

"아이 나이가 몇이에요?"

"여덟 살. 아니, 아홉 살, 잠깐…. 아, 여덟 살이네요."

"그만 일어날까요?"

"아뇨. 왜 벌써?"

"사진을 몇 장 더 찍어야 해요."

"어디에서요?"

"호텔에서."

"무슨 사진을?"

"그레타의 다른 모습."

"그레타의 다른 모습?"

"예."

"그레타에게는 다른 모습이란 없어요."

"없어요?"

"없어요."

"확실해요?"

"확실해요."

둘은 오랫동안 파리 카페에 머물렀다. 그레타는 마르텐과 같이 일한 적이 있다는 다이엔 키튼과 그웬 스테파니, 미시 엘리엇이 어떤지 알고 싶어 했다. 하지만 마르텐은 그런 이야기를 하고 싶은 생각이 없었다. 도쿄 체류기 역시 그랬다. 그는 사실 아무것도 이야기하고 싶지 않았다. 하지만 그는 일어서서 가지 않았다. 그러므로 그녀가 이야기를 하는 수밖에 없었다.

그녀는 엘리아스의 아버지에 대해서 말했다. 이 년 동안이나 보지를 못했는걸요. 애도 저도. 애아빠가 풀스비텔에 있거든요.

그곳에는 이제벡이라는 수로가 있는데 물이 검푸른 색이에요. 해마다 봄이 되면 시체가 떠내려 와요. 내가 아주 어릴 때부터 그랬죠. 그리고 강변, 그 자리에 서면 엘리아스가 다니던 학교가 보였는데요. 쉬는 시간에 아이가 학교 마당에서 다른 아이들과 노는 것을 바라보기도 했죠.

그러고는 다시 자신의 입에 대해서 말하기 시작했다. 스스로에게 짜증이 났다. 그래서 마르텐에게 물었다. 저, 프랑스 영화에 역할을 하나 제안받았는데, 너무 작은 역할이라서 해야 할지 말아야 할지 모르겠어요. 그러더니 마르텐에게 대답할 틈도 주지 않고, 됐어요, 하고 말을 잘랐다. 그 뒤부터 그녀는 아무 말도 하지 않았고 둘은 입을 다문 채 어두운 칸트 거리만 바라보았다. 한참 지나 누군가 그들에게 와서 〈빌트〉독일에서 가장 많이 팔리는 대중 신문지 일요일판을 테이블에 놓고 갔다. 금발의 친절하고 머리는 나빠 보이는 양복 입은 청년이었다. 그녀는 그 남자가 무엇을 원하는지 알 수 없었다. 다시 현기증이 나기 시작해서 그 남자가 무슨 말을 하는지 들을 수도 없을 지경이었다. 남자가 사라지자마자 현기증이 가셨다. 너무 편안해진 게 이상해 큰 소리로 웃지 않을 수 없었다. 그래, 큰 소리로. 그러면서 그레타는 마르텐의 잘생긴 눈을, 따지고 보면 그리 잘생기지도 않은 눈을 바라보았고 이번에는 처음으로 마르텐이 웃었다. 둘은 찻값을 내고 나와 건너편에 있는 사보이 호텔로 갔다.

둘이 칸트 거리를 건널 때 그레타는 다시 이제벡 수로를 생각하고 있었다. 발밑의 검은 아스팔트는 바로 그 깊고 검푸른 물이었고 그녀는 그 물에 떠내려 오던 시체였다.

내 이름은 싱어였다

대부분 나는

잘못된 시간, 잘못된 장소에서 살고 있다는 걸 잊어버린다. 전생에 나는 18세기에 태어난 폴란드 출신의 천재 랍비였다. 그때가 좋았다. 지금 나는 현대에 사는 유대인 작가이다. 그것도 독일어로 글을 쓰는! 차라리 영어나 히브리어로 글을 쓰는 게 더 나았겠지만 말이다.

최근에 나는 밤나무 가로수길가에 있는 단골카페에 앉아 있었다. 그런데 어떤 여자가 말을 걸어왔다. 그녀는 아주 진지했다. 하지만 항상 그렇게 진지한 여성으로는 보이지 않았다. 그녀는 내가 쓴 모든 글들을 읽었으며 내가 쓴 이야기의 단락 단락을 다 외운다고 했다.

"선생님은 절 얼마나 도와주셨는지 몰라요. 선생님의 글을 읽고 난 뒤 제가 누구인지를 알게 되었다니까요. 선생님이 쓴 사랑 이야기는 여느 독일 작가는 쓸 수 없을 거예요. 선생님이 옳아요. 우리 유대인들은 우리들의 행운을 비유대인에게서 찾아서는 안 된다고요."

그녀가 이렇게 말했을 때 나는 단박에 그녀를 사랑하게 되었다. 나는 마우어파크에 살았는데 그곳은 카페에서 멀지 않았다. 나는 그녀에게 같이 가겠느냐고 물었다. 하지만 우리가 침대에 누웠을 때 그녀는 문제를 만들기 시작했다. 여자는 차라리 이야기를 나누기를 원했다. 그녀는 나에게 자신의 독일인 남편에 대해서 들려주었다. 이 년 전 남편에게 편지를 썼는데, 결혼을 하면서 포기했던 처녀 때의 성을 돌려받고 싶다는 내용이었다. 남편은 오늘까지도 그 편지에 대해서 일절 말이 없었고 물론 답장도 하지 않았다고 했다. 나는 그녀에게 입맞춤을 하려고 했으나 그녀는 고개를 돌려버렸다.

"예전 이름은 그럼 뭐였어?"

"노르마 글릭슈타인. 지금은 브레센도르프."

그녀는 울기 시작했고 나는 다시 입맞춤을 하려고 했다. 여자가 조금 진정하자 나는 미안하지만 오늘 일을 해야만 하니 당신은 여기에 더 이상 머물 수 없다고 말했다.

다른 여자 하나는 지난여름 밤 열한시에 초인종을 눌렀다. 비디오폰의 모니터에 검은 머리칼의 긴장한 여자 모습이 보이자 나는 얼른 문을 열어주었다. 모르는 여자였지만. 여자는 재빨리 계단으로 올라왔다. 문 앞에서 그녀는 말했다.

"미안해요, 이렇게 습격하듯 찾아와서. 여기 근처에 있었거든요. 그리고 오늘이면 절 집 안에 들일 거라는 느낌을 받아서. 선생님, 제가 얼마나 자주 이 근처를 지나간다고요, 그걸 아셨더라면!"

등골이 서늘해졌다. 내 인생에는 텔레파시로 통했던 몇몇 여자가 있었다. 하지만 그 여자들을 나는 알고 있었고 사랑했다. 낯선 여자와 텔레파시로 통한다는 건 생각하기도 싫었다.

"책을 통해서요, 선생님에 대해서는 모든 걸 다 알고 있어요. 하지만 선생님은 아직 제 수수께끼예요."

"아니 그 수수께끼를 풀려고 찾아왔어요?"

그 순간 나는 이런 상상을 했다. 어떤 모습으로 내가 이 여자와 함께 츄파유대교 결혼식에 쓰이는 지붕으로 신랑 신부는 이 지붕 밑에서 식을 치른다 밑에 서 있고, 또 첫날밤 처음으로 한 섹스로 아이가 태어나고, 늙은 부부로 텔아비브의 해변을 산책할지.

"옛날에 저, 미친 여자였어요. 베를린 출신의 유대인이면서 약물중독자였죠. 이십년대의 부비콥프1920년대 여성의 헤어스타일. 아주 짧은 커트 머리, 비르켄나우아우슈비츠-비르켄나우 유대인 강제수용소. 아우슈비츠로 더 잘 알려져 있다에서 화형을 당했고요. 저 들어가도 돼요?"

"미안합니다. 제가 몸이 좀 안 좋아서요. 그리고 아침 일찍 토론에 참석하러 안트베르펜으로 가야 한답니다. 괜찮으시면 다음 주 이맘때에 다시 오세요."

다행스럽게 여자는 다시 찾아오지 않았다.

왜 이런 이야기를 하는가 하면 겔리 슈멜츠 때문이다. 겔리는 칠십년대, 그리고 팔십년대에 뮌헨에서 사랑을 받았던 폴란드 유대인 작가 레스체크 슈멜츠의 딸이었다. 우리는 아이 시절부터 알고 지내는 사이였다. 이 년 전 나는 아주 오랜만에 낭독회 때문에 뮌헨에 간 적이 있었다. 낭독회는 라이헨바흐 거리에 있는 차갑고 텅 빈 듯한 공동체 회관에서 진행되었다. 낭독회가 끝난 후 그녀가 다가왔다.

"나 알아보겠어?"

"아니."

"나, 탁자 밑의 소녀야."

"아, 난 탁자 밑의 소년이었고. 아니, 언제나 이렇게 예뻤어?"

나는 미소를 지으며 그녀의 두 뺨에 입맞춤을 했다.

"그럼, 당연하지."

겔리와 나는 종종 그녀의 부모 집에 있는 크고 하얀 식탁보가 놓인 식탁 밑에 앉아 있곤 했다. 그 집 거실에 손님이 아주 많은 날들이었다. 어른들 대부분은 우리가 그 밑에 숨어 있는 것을 알아차리지 못했다. 어떤 어른들은 알고 있었으나 별로 상관없는 듯했다. 자주 말싸움이 일어나기도 했다. 대부분 이스라엘 때문이었다. 가끔 여자 하나가 남편에게 소리를 질러댔고 남편은 약이 올라서 나가버렸다. 하지만 대부분의 경우 그들은 서로 잘 통했다. 폴란드어, 이디시어유럽 유대인들의 언어, 러시아어가 오가기도 했고 당연히 독일어와 영어도 들려왔다. 나와 겔리가 어른들의 말을 들을 기분이 나지 않으면 우리는 서로 등에다 글자나 숫자를 손가락으로 쓰는 놀이를 하기도 했다.

손님 가운데 훌쭉하고 빨간 머리칼에 음흉한 웃음을 가진 남자가 있었다. 그는 폴란드 억양이 묻어 있는 영어와 아주 아름다운, 그리고 의미가 선명한 이디시어로 이야기를 하곤 했다. 나와 겔리에게 그의 이디시어는 뮌헨에 살고 있는 평범한 유대인들의 이디시어보다 더 알아듣기 쉬웠다. 그는 뉴욕에서 온 작가였다. 그의 아내는 뮌헨 출신이었고 유대인의 추수감사절에 아내가 친척을 방문하면 따라왔다. 어느 날 아주 깊은 밤에 우리는 그가 자기 아내가 아닌 다른 여자에게 사랑을 고백하는 것을 들었다. 뒤이어 그가 제 다리로 여자의 다리를 꾹 누르는 것을 보았다. 그들 두 사람과 우리 둘만이 그 방에 있었다. 잠깐 조용해지더니 갑자기 그가 탁자 밑으로 몸을 굽혔다.

"이런 망할 일이 있나! 네놈들, 아무에게도 말하지 마라, 두꺼비들아." 그런 다음 그는 다시 다리로 여자 다리를 꾹 눌렀다. 여자는 깔깔거리며 자기도 조금은 뭔가를 쓸 줄 안다고 말했다.

나는 겔리를 수많은 세월 뒤에 다시 보게 되어 기뻤다. 그때 나에게는 오랫동안 여자친구가 없었고 겔리는 내 마음에 쏙 들었다. 작고 날씬한 체구에다 영화배우 엘런 버킨과 닮아 보였으나 그 여배우보다는 약간 덜 슬픈 느낌을 주었고, 나는 단방에 그녀가 섹스를 좋아한다는 것을 알아차렸다. 그녀는, 결혼했어? 아님 여자친구가 있거나? 라고 물었다. 대답 대신 난 그녀가 물은 대로 되물었다. 넌, 결혼했어? 아님 남자친구라도?

"지금 누군가와 헤어지려고 해. 근데 그 사람은 날 놓아주지 않아."

우리는 바깥에 서 있었다. 라이헨바흐 거리 구석과 게르터너 광장. 겔리가 말했다.

"나와 같이 가. 나, 지난번 네 새 책을 읽었어. 그 책에 대해서 좀 더 이야기를 나누고 싶어."

"싫어. 정말 책 이야기는 제발. 하지만 같이 갈게."

책은 겔리의 침대 옆에 놓여 있었다. 사랑이야기였다. 사랑을 하고 싶으나 할 수 없는 여자가 나오고, 여자는 그럴 수 없었으나 그 여자와 사랑하기를 바라는 남자가 나왔다. 우리가 다시 옷을 입고 난 뒤 겔리가 물었다.

"진짜 네 삶도 꼭 책 같았니? 그것만 알고 싶어."

나는 고개를 가로저었다. 그녀는 나에게 투비아 카츠라는 사람 이야기를 했다. 그가 바로 헤어지기를 원하지 않는 그녀의 남자친구였다. 그녀의 부모 역시 둘이 헤어지기를 원하지 않았다. 그들은 겔리에게 이렇게 말하곤 했다.

"그래, 네가 하고 싶은 대로 하렴. 하지만 너도 그렇게 젊지만은 않아."

나는 예정보다 일주일이나 더 뮌헨에 머물렀다. 베를린에 도착하자마자 나는 겔리에게 전화를 했다.

"너도 원하면 우리 결혼하자."

"그래." 그녀는 망설이지 않고 말했다. 그리고 덧붙였다.

"하지만 나에게 시간을 좀 줘. 나, 투비아에게 상처주고 싶지 않아."

전화를 끊으며 나는 염병할! 이라고 중얼거렸다. 이 책, 이미 알고 있는 책 아닌가.

겔리와 나는 석 달 동안 만나지 않았다. 석 달 후 그녀가 갑자기 밤나무 길에서 내 앞에 서 있었다. 나는 나폴욘스카 카페에 앉아서 그녀 생각을 하고 있던 참이었다.

"네가 베를린에 있는 거, 감지하고 있었어."

"나도 알아, 네가 안다는 거. 다른 모든 것도 틀림없이 알고 있을 거고."

"넌 아직 결단을 내리지 않았지. 그리고 결단을 내리고 싶어하고. 어떤 때는 그를 사랑하고 어떤 때는 날 사랑하고. 네 인생에서 제일 어려운 시간을 보내는 것도 나, 알고 있어. 너를 도울 수 있는 단 한 사람은 바로 난데, 하지만 네 고민은 나 때문이니, 이거 원."

"그래. 네 말이 맞아."

우리는 내 집으로 갔고 침대에서 나는 손가락으로 그녀의 벗은 등에 널 사랑한다고 썼다. 그녀 역시 뭔가를 내 등에 썼으나 나는 이해하지 못했다. 난 다시 그녀의 등에다 썼다. 그와 헤어져. 그녀도 썼다. 애써볼게. 그녀는 이틀 동안 머물렀고 그녀가 떠나기 전에 우리는 발코니에 서서 사진을 찍었다. 참 재미나는 사진이었다. 사진 속의 나는 내 아버지를 닮았고 그녀는 그녀의 어머니를 닮았다. 하지만 그들의 젊었을 때 모습은 아니었다.

한 달쯤 지나고 난 뒤 나는 젤리에게 전화를 했다.

"전화하라고 했지?"

"응."

"그런데?"

"알잖아."

"무슨 말을 하고 있는 거야?"

"아니. 넌 이미 다 알고 있어."

"뭘?"

그녀는 울기 시작했다.

"나, 지금 투비아 사무실에서 일하고 있어."

"네가? 비서로?"

"내 프로젝트도 있어. 그는 날 필요로 해. 다른 직원들을 다 해고해야 했는걸. 부동산업계가 지금 아주 불황이잖아."

"넌, 나랑 살고 싶지 않지?"

"나도 지금 이야기를 쓰고 있어, 안드레."

"그럼 읽어봐." 나는 머리끝까지 화가 치솟았다. "심지어 네게토 왕자님도 읽을 수 있는 내용이길 바래."

그녀는 전화를 끊었다.

그런 다음 우리는 서로의 생각 속에서만 이야기를 나누었다. 우리가 만난 건 얼마나 기적 같은 일이었냐고 나는 그녀에게 말했고 그녀는 나, 알고 있어, 라고 말했다.

그런데 왜 망설이는 거야?

아마도, 내가 널 사랑하지 않는 게지.

아니, 넌 날 사랑해.

아니, 어떻게 그걸 다 알아?

난 아직 날 사랑하지 않는 여자는 만나본 적이 없어.

네 최근 소설에 나오는 여자는 그렇지 않았잖아.

신경 돋우지 마.

그 이후로 나는 더 이상 겔리와 이야기를 나누지 않았다.

최근에 나는 아이작 바셰비스 싱어폴란드 출신의 유대인 작가로 미국에서 활동하기도 했다. 1978년 노벨문학상을 받았다를 다시 읽었다. 그것은 나에게 도움을 주었다. 그의 역사소설에 나는 아무 관심이 없었다. 슈테틀제2차 세계대전 전 동유럽에 퍼져 있던 유대인 마을, 카시디스트히브리어로 '경건하다'는 뜻으로 다양한 유대인 운동을 말한다, 딥북유대 민간신앙에서 사람에게 붙는 죽은 이의 악령 들은 나의 세계에 속하는 것이 아니었다. 아마 내가 예전에 차딕특별히 경건한 유대인을 뜻하는 말으로 살았기 때문이었을까? 나는 그의 자전소설을 좋아했다. 그와 그의 여자들, 그 여자와 그가 어떻게 서로를 미치게 만드는가 하는 이야기들. 사람들은 언제나 잘못된 짓을 한다고 싱어는 말했다. 그리고 그게 그를 방해하지는 않는다고, 그래서 인간의 이야기는 더 흥미롭다고.

당연히 그 손님이 싱어였다. 그때 그녀 부모의 거실에서 나와 겔리에게 겁을 주었던 그 손님. 그가 바로 싱어였다는 걸 깨닫기까지 한참 시간이 걸렸다. 처음으로 프랑크푸르트 국제도서전에 참가했을 때 나는 그를 다시 만났다. 그는 겔리의 아버지와 함께 한저 출판사 부스에 앉아 있었다. 나는 둘에게 인사를 했다. 내 첫 책이 금방 나왔고 레스체크 슈멜츠는 싱어에게 유대문학의 큰 희망이라고 내 소개를 했다. 내 옆에는 내 여자친구가 서 있었다. 그녀는 키가 아주 큰 슬퍼 보이는 독일 여자였고 나를 아주 사랑했다. 싱어는 독일어로 어디 출신이냐, 잘 지내느냐, 저 남자가 쓴 이야기들을 좋아하느냐, 등을 그녀에게 물었다.

"아주 좋아해요." 그녀는 싱어에게 대답했다.

그녀가 이야기를 듣지 않는 틈을 타서 나중에 싱어는 이디시어로 나에게 말했다.

"네 책을 좋아하는 여자들, 조심해."

그 말을 할 때 그의 코는 더 날카로워져 있었고 그의 미소는 평소보다 더 음흉해 보였다.

이건
슬픈
이야기예요

"여보세요."

라고 말을 해놓고 보니 언제나 그렇듯 목소리가 너무 높다는 생각이 들었다. "여보세요, 누구시죠?"

"저, 임신했어요." 전화기 저편에서 누군가가 이렇게 말했다. 젊은 여자 목소리였다. 어린 소녀일지도 몰랐다.

"임신이라고요?"

"예."

놀랐으나 그는 얼른 자신을 수습했다.

"그래요? 몇 개월째예요?"

"오 개월이요."

"오 개월이라고요?"

"예. 오 개월."

그는 목소리 주인공의 배를 상상해보았다. 아니, 이 아가씨가 거짓말을 하고 있나, 아니면 관심을 끌려고 이러나.

"배가 벌써 나왔나요?"

"아뇨."

"아니라고요?"

"아주 조금 나왔어요."

"혹 남자친구분이 부른 배를 좋아하는지요?"

"아뇨."

"아니라고요?"

"남자친구 없어요."

글쎄, 이렇다니까.

"불행하다고 생각하세요?" 그는 그렇게 묻고는 여자가 대답하기 전에 0번을 눌렀다. 대화는 중단되었다. 그는 음악을 들었다. 다음 여자를 기다리는 동안이면 언제나 나오는 음악이 흘러나왔다. 그러더니 갑자기 조용해졌다.

"여보세요. 누구세요?" 그는 고요 속으로 목소리를 구겨 넣었다.

"노라. 노라라고 해요."

깊으면서도 훨씬 확신에 찬 목소리였다. 아름다운 목소리, 어쩌면 이 여자는 목소리만큼 예쁘지는 않을지도 모른다. 아니 딱 그만큼만 예쁠지도.

"본명이에요?"

"아뇨. 저, 성함이 어떻게 되시는지?"

"오퍼라고, 그러니까…."

"…오퍼가 본명이 아니라는 말씀이죠?"

그들은 웃었다.

서로 웃을 수 있다면 문제는 훨씬 간단해진다. 진짜 삶 속에서도 그렇지 않은가?

"저, 당신을 아는 것 같은데요, 오퍼 씨."

"아니, 당신이 절 알 리 없어요."

"아뇨, 목소리가 익숙해요."

"오늘, 무얼 하셨어요?" 그가 물었다.

"아무것도 안 했어요. 난 아무것도 하는 일이 없어요…. 당신 목소리, 제가 아는 목소리인데…."

"혹 예전에 서로 얘기를 나누었을 수도."

"아뇨. 전화하는 거, 오늘이 처음이에요."

그는 침대에서 반쯤 몸을 들어 올려 머리에 베개를 하나 더 괴었다. 그리고 기대에 가득 차서는 이불도 밀쳤다.

"어떻게 생겼어요?" 그가 물었다.

"당신 마음에 들지 않을 거예요."

"예쁜 분은 아닌가 보다."

"예." 그녀는 아주 재빠르게 말했다. 아주 확신에 찬 말투였다. 마치 천 번쯤 이미 그런 생각을 했거나 그런 말을 한 것 같은 '예'.

그는 이 '예'를 알고 있었다. 이 '예'는 가엾고 못생긴 치들이 하는 말이 아니었다. 예쁜 여자들이나 하는 '예'였다. 그리고 얼마나 예쁜지 남들에게서 언제나 되풀이해서 그 말을 들었던 여자들의 '예'. 그렇지 않으면 그 말을 믿지 않기라도 하듯.

"그렇지 않을 것 같아요." 남자는 잠깐 틈을 주고는 말했다. "당신이 좋아요."

"아니, 어떻게 아세요?"

"누군가를 좋아하는 느낌, 스스로 모르세요?"

"물론, 알죠."

그다음에는 아무 할 말이 없었다. 그들은 침묵을 지켰다. 그녀가 직업이 뭐냐고 물었을 때 그는 이미 손가락을 0번으로 가져가는 중이었다. 여자를 떼어버리려고 말이다.

"난, 권투선수예요."

"진짜?"

"아뇨, 거짓말."

"나는 종일 침대에만 누워 있어요."

"그래요?"

"예."

"지금도?"

"예, 지금도요."

"나도 벌써 침대에 누웠어요." 그는 그렇게 말하고 파자마의 단추를 열기 시작했다. 단추를 다 열고 난 뒤 이불을 덮었다. 그는 벗은 윗몸에 이불의 감촉을 느꼈다. 마치 침대에 혼자가 아닌 것처럼 느껴졌다. 곧 누군가의 벗은 몸이 자신의 몸에 감겨들 것 같았다.

"아니, 그럴 수는 없지. 정말 하루 종일 침대에 누워 있는 건 아니겠죠?" 그는 여자에게 물었다.

"아니, 침대에 하루 종일 누워 있어요."

"일하러 가지 않아도 되나요?"

"예. 꼭 그러지 않아도 돼요."

"왜요?" 그는 흥분해서 물었다. 예쁘기만 한 게 아니라 돈까지 있단 말인가.

"난 아파요."

"정말요?"

"예."

"정말로 아파요?"

"예."

"그럼 당신 남편이…."

"남편이 아니라 남자친구."

"…남자친구가 돈을 버는군요."

"그래요."

"그리고 지금 집에 없고요."

"당신 목소리를 언젠가 들은 적이 있어요."

그는 0번을 눌렀다. 그러고는 후회를 했다. 아프다는 건 무슨 뜻이었을까? 다리가 하나뿐이라는 뜻? 아님 우울증? 아님 악성 종양으로 천천히 죽어가고 있기라도? 그렇다 한들 그딴 게 나랑 무슨 상관이란 말인가.

그는 몇 분가량 전화기에 머물렀으나 그녀와 다시 연결되지 않았다. 두 번이나 연달아서 발랑 까지고 시시덕거리는 십대와 연결되었다. 계집애들은 외설스런 말투로 그를 욕했고 임신 중이라는 계집애와도 다시 한 번 연결이 되었다. 계집애는 아직도 애 아버지를 찾고 있었다.

그는 전화기를 내리고 파자마 윗옷 단추를 잠근 다음 펠릭스에게 갔다.

아이는 언제나 그랬던 것처럼 침대에 거꾸로 누워 있었다. 등을 바닥에 대고는 마치 밑으로 떨어지는 것처럼 팔을 쫙 벌리고. 자그마한 얼굴은 잠 속에서 편안해 보였고 이마의 주름은 사라지고 없었다. 아이의 삶은 모든 것이 정상적으로 움직이는 것 같았다. 오퍼는(그의 이름은 정말 오퍼였다.) 창문을 열고 아이가 누워 있는 침대에 걸터앉았다. 바닥을 바라보다가 몇 번 머리를 흔들고는 아이에게 입맞춤을 했다. 그러고는 다시 자기 침대로 돌아갔다.

그는 침대에 누워 잠을 청하다가 죽은 카티아를 떠올렸다. 결국 다시 불을 켜고 좀 전과 같은 전화번호를 눌렀다. 그와 연결된 첫 여자는 바로 그녀였다.

"여보세요, 오퍼." 그녀는 확신에 차서 말했다.

"아, 안녕하세요." 그는 깜짝 놀라기라도 한 듯 굴었다.

"노라 씨군요."

"왜 전화를 끊었어요?"

"실수였어요. 아니, 실수는 아니었어요."

"난 키가 커요. 하지만 그렇게 큰 건 아니고요. 가슴은 작지만 대신 엉덩이는 커요. 엉덩이 큰 여자, 좋아해요?"

"그만 해요."

"그거, 하고 싶지 않아요?"

"예."

"다른 사람들은 다 하고 싶어 하는데. 당신과 전화가 끊기고 난 뒤 난 벌써 네 번, 아니 세 번이나 했는데."

"남자들이 당신과, 아니면 당신이 남자들과?"

"다른 남자들이 날."

그는 침대 옆에 놓인 탁자 위의 불을 끄고는 침대에 편히 누웠다. 모로 누워 전화기를 베개 위 귀에 올려놓았다. 전화기를 붙들지 않아도 되었다.

"제일로 나쁜 게 뭔지 알아요? 고요예요." 여자가 말했다. "아무도 없는 낮이오. 집은 텅 비었고 모두 일하러 갔을 때. 난 침대에 누워 무슨 소리든 들려오길 기다리죠. 한 주에 한 번, 윗집에 청소하는 여자가 와요. 정신없이 왔다 갔다 하죠. 청소기로 바로 제 위에 있는 층의 바닥청소를 할 때는 비걱거리는 소리가 나요. 지하실에 있는 보일러가 켜지면 지지직 하는 소리가 방열기에서 들려오고요. 점점 작게 들려오다가 마침내 사라져버리죠. 그리고 옆집에는 전화응답기가 있는데, 그 소리도 들려요. 때때로 깜짝 놀라기도 해요. 아주 소리가 크게 나는 기계거든요."

"그래요?"

"예. 응답기에서 나는 소리를 하나도 빠짐없이 다 들을 수 있어요. 벌써 몇 년째 응답기 소리를 듣는지 몰라요. 그래서 이웃에게 무슨 일이 있는지 다 알죠. 우습게도 그 사람들은 응답기에다 설치해놓은 음성을 바꾸지 않아요, 인생이 결코 달라지지 않는다는 듯이."

"이웃에게 무슨 일이 있어요?"

"이건 슬픈 이야기예요."

"그럼, 듣지 않을래요."

"그럼 나도 하지 않을게요."

"노라."

"예?"

"어떻게 생겼는지 말해줄 수 있어요?"

"하고 싶지 않다면서요."

"이젠 하고 싶어요."

"아뇨. 안 돼요."

"안 된다고요?"

"안 돼요."

"알겠어요. 당신이 옳을 거예요, 어쩌면…."

"…어쩌면 그게 더 나을 거예요." 여자가 남자 말을 끊었다.

"예."

"아마도. 그렇지 않을 수도 있지만."

지금 무슨 이야기를 더 나눌 수 있겠는가? 둘은 침묵을 지켰다. 하지만 그 침묵이 그렇게 싫은 것은 아니었다. 그녀는 전화를 끊지 않을 것 같았다. 그리고 그도 0번을 누르지 않을 것이었다. 남자는 여자의 숨소리를 들었다. 그도 점점 크게 숨을 쉬기 시작했다. 한동안 둘은 동시에 숨 쉬는 소리를 들었다.

"남자친구는 어디에 있어요? 밤이 늦었는데."

"집에 없어요."

"아주 부지런한 분인가 봐요."

"그래요. 밤 두시에도."

"그래요?"

"예."

오퍼는 눈을 감았다. 눈꺼풀 밑으로 돌아가는 크고 밝은 원을 보자 옛날 생각이 났다. 그가 펠릭스만 한 나이였을 때 삼십 분, 아니 한 시간쯤 침대에 누워 잠들지 않으려고 애를 쓰면서 아주 아름답고 빛이 나는 눈꺼풀 밑의 그 원을 지켜보고는 했다.

"아픈 지, 오래되었어요?" 남자가 물었다.

"남자친구가 떠날 만큼 오래되진 않았어요."

"남자친구가 당신을 버릴 것 같아요?"

"아뇨, 그러지 않을 거예요."

"말이 앞뒤가 안 맞는군요."

"그래요."

"왜 남자친구가 떠나지 않을 거라고 생각해요?"

"너무 좋을 때만 사람들은 떠나죠. 자신을 구하기 위해 떠나는 사람은 없어요."

맞는 말이라고 오퍼는 생각했다. 하지만 "그건 말도 안 돼요."라고 그는 말했다. 원은 점점 빨리 돌았고 점점 커졌으며 그리고 그는 잠이 들었다.

"안녕, 자기야." 갑자기 여자의 목소리가 들렸다.

그는 눈을 떴고 벌떡 일어나 침대에 앉았다.

"안녕." 그가 말했다.

"아직 안 잤어요?"

"으응? 예."

"이제 그만 자요." 그녀가 말했다.

"우리 언제 또 이야기할 수 있어요?" 그가 물었다.

"내일. 자기가 원하면."

"내일 언제?"

"같은 시간에."

"연결되지 않을 수도 있는데?"

"그런 일이 일어날 수 있어요?"

"그럼요. 모든 일이 다 생길 수 있어요. 이 전화전호로 얼마나 많은 사람들이 전화를 하는데."

"그래도 난 당신을 찾을 수 있어요." 여자가 말했다. 다정하게, 하지만 왠지 조금 뻔뻔스럽게. 남자는 깜짝 놀랐다.

"그래요?"

"응. 내가 말했잖아요. 당신 목소리 들은 적이 있다고."

"그게 어디서였는지, 기억해요?"

"응."

그는 침대에서 뛰어올라 방 안의 불을 켰다. 침실을 이리저리 걸으며 자기 앞을 가로막고 있던 의자 두 개를 자꾸만 옆으로 밀쳤다.

"어디죠?" 그가 물었다.

"모르는 게 좋아요."

"아니, 알고 싶어요."

"아니, 모르는 게 좋아."

"말해!"

"안녕하세요." 그녀는 그렇게 말하고는 그의 유대인 특유의 말투를 흉내 냈다. "여기는 카티아, 펠릭스 그리고 오퍼 베른슈타인의 집입니다. 우린 지금 집에 없습니다. 하지만 우리에게 메시지를 남겨주세요."

"말도 안 돼." 그가 말했다.

"그래요."

"그건 우리집 자동응답기잖아."

"그래요. 미안해요."

"아뇨. 됐어요. 괜찮아요." 그는 중얼거렸다.

그는 침대에 누워 불을 끄고 이불 속으로 들어갔다. 마치 갓난아기처럼 몸을 구부린 채 누워 오래도록 잠을 이루지 못했다. 마침내 잠이 들었을 때 이미 날은 밝아왔다. 한 시간쯤 지나고 난 뒤 펠릭스가 그에게 와서 말했다. 비디오 볼래, 아빠.

귀여운
창녀

난 그리스인이야.

우리 아버지도 그리스인이었어. 하지만 난 한 번도 아버지를 본 적은 없어.

그녀의 말을 사미는 믿지 않았다. 틀림없이 그녀는 집시일 테고 집시 출신이라는 것을 자랑스럽게 드러내는 사람은 이 프라하에는 없다. 하지만 그는, 정말 대단한걸. 난, 그리스 사람 좋아해, 라고 말했고 쿠벨리코바에 있는 그리스 식당 이야기를 들려주었다. 사미는 한스와 요세린과 함께 올여름 매일 오후 하릴없이 그곳에 앉아 있곤 했다. 그들은 바깥 정원에 앉아 있었다. 흰 회칠을 한 담 위에서는 희고 통통한 수고양이 한 마리가 거드름을 피우고 다녔다. 그곳에 있으면 여기가 프라하가 아닌 것만 같았다.

"거기 있으면 프라하에 있는 것 같지 않다니까." 사미가 말했다.

그녀는 아무 말도 하지 않았다.

"거기 가본 적 있어?"

"어디?"

"그 식당이름은 올림포스야."

"아니. 난 이곳에 온 지 얼마 되지 않았는걸. 난 브륀 출신이야."

사미는 여자에게 돈을 주었고 그녀는 그 돈을 들고 나갔다. 여사장에게 돈을 주기 위해서였다. 그녀가 돌아왔을 때 사미는 이백 크로네를 더 주었다.

"고마워. 하지만 이러지 않아도 돼."

"정말?"

"그래, 자기야."

사미는 샤워를 하러 갔다. 그다음 그녀도 샤워를 했다. 그는 속옷 바람으로 침대에 앉아 침대 옆 탁자에 켜진 촛불을 들여다보았다. 초 옆에는 콘돔이 들어 있는 유리그릇이 있었고 튜브에 든 보디로션이 반쯤 열린 서랍 안에 들어 있었다. 여기가 어딘가, 싶어 눈을 감았다가 다시 떴을 때 모든 것은 오케이였다.

이른 오후였다. 바깥에는 칠월의 태양이 이글거리고 있었으나 방 안은 두껍고 푸른 커튼으로 가려져 있었다. 한스와 요세린은 틀림없이 이 시간에 올림포스에 앉아 세상사에 대해 시시콜콜 떠들고 있을 것이다. 이 방에서 일을 끝내고 메일함을 열면 그들이 보낸 소식이 대여섯 통 정도 와 있을 것이다. 둘은 혼자 있지 못했다. 둘이서만 있으면 그들은 전전긍긍 제자리를 맴돌았다. 사미가 그 자리에 있어도 전전긍긍하긴 마찬가지였지만 적어도 그건 셋이서 돌아가는 제자리 맴돌기였다. 지난주 그들은 심지어 치고받는 싸움까지 했다. 이튿날 상처와 푸른 멍으로 얼룩진 그들이 올림포스 정원에 앉아 있는 것을 보았을 때 사미는 말했다. 난 혼자 있을래. "아니 혼자라는 거 몰랐어?" 한스가 말했고 요세린은 차가운 손으로 사미의 목덜미를 어루만지다가 꾹 눌렀다. 그리고 둘은 동시에 웃었고 네 번짼가 다섯 번째 와인을 주문했다.

렌카는 샤워를 하고 난 뒤 감고 있던 흰 목욕타월을 아래로 떨어뜨리고는 알몸으로 사미의 앞에 서 있었다. 어둡게 해놓은 방 안에 희미하게 차 있는 빛 속에서 그녀의 피부는 더 짙은 갈색을 띠고 있었다. 젖가슴은 그다지 예쁘지 않았으나 엉덩이만큼은 크고 둥그스름했다. 비밀스러운 곳은 말끔히 면도가 되어 있었다. 마치 이 세상에 태어나서 그곳에 전혀 털을 가져보지 않은 것처럼. 그러고 보니 열여덟 살, 여기에서 일한 지는 겨우 두 달, 브륀에서 프라하로 온 이후부터라고 그녀가 말한 것이 떠올랐다. 그녀의 어머니는 그녀가 고등학교 졸업장을 가지는 것을 원하지 않았으며 한밤중에 펄펄 끓는 물을 그녀에게 끼얹었다고 했다. 그래서 집을 나왔다고.

그녀는 사미 옆, 침대에 걸터앉았다. 둘은 바라보기만 했다. 한동안 아무 이야기도 나누지 않았는데 아주 편안했다. 왜 옷을 벗지 않아? 드디어 그녀가 물었다. 그녀는 등을 대고 똑바로 누웠고 그는 여자 쪽으로 몸을 굽히고 안아주었다. 돈을 주고 여자를 산 게 처음은 아니다. 그러나 그렇게 산 여자를 이렇게 안아보긴 처음이었다. 그는 렌카를 꽉 끌어안고 목과 뺨에 입을 맞추었다. 입을 맞추면서 렌카를 잠시 바라보았다. 그녀는 눈을 감고 살짝 미소를 짓고 있었다.

한스는 프라하에서는 이런 행운을 잡을 수 있다고 말했으나 사미는 그 말을 믿지 않았다. 한스는 일 년 동안이나 블라니츠카에 있는 집시에게로 가곤 했었다. 그 집시가 하루아침에 다른 곳으로 사라지고 난 뒤 몇 주 동안 한스는 우중충해져 있었다. 아주 오래전, 요세린을 만나기 전의 일이었다. 지금도 여전히 한스는 잘 지내지 못했다. 요세린 때문이었다. 아카데미에서는 그사이에 교수도 여학생들도 그 사실을 알았다. 그 사실이 그를 힘들게 했다. 한스는 언젠가 사미에게 말하기를 요세린은 거리를 쏘다니는 암캐이며 그녀가 원할 때만 한스를 찾는다고 했다. 그 여자를 믿지 않아, 라고 한스는 덧붙였다. 그럴 수도 있겠지, 하지만 너에게 요세린은 그저 버거운 여자이지 않을까, 하는 의구심을 사미는 밝혔다. 광고지에 나온 여자들의 사진을 보고 그녀들의 전화번호를 적기 시작하자 한스는 사미에게 말했다. 네가 괜찮은 애를 발견하면 아마 나도 다시 그곳에 가게 될지도 모르겠어.

"너, 젖었구나." 사미가 말했다.

"응." 여자가 대답했다.

그는 여자의 다리 사이를 쓰다듬으며 어, 정말 젖었네, 라고 생각했다.

"왜?" 그는 머리를 들고 그녀를 위에서 아래로 훑어보았다.

"나도 잘 모르겠어."

"진짜로 젖은 거야?"

"그래." 그녀는 서둘러 대답하고는 눈동자를 굴렸다.

"몸을 좀 돌려봐."

그녀는 몸을 돌렸고 그는 그녀의 뒤태를 바라보았다. 그리고 여자의 몸 위에 자신의 몸을 밀착시켰다. 그대로 몇 초 동안 그렇게 가만히 있었다. 그녀도 꼼짝하지 않았다. 드디어 그는 여자에게 부탁했다. 몸을 다시 돌려달라고. 그런 다음 여자 앞에 무릎을 꿇었다. "나, 네 배 위로 올라가도 될까?"

"응. 하지만 조심해."

그가 여자의 배 위에 몸을 기대자 여자는 한 손으로 아래를 막고 다른 한 손으로는 그의 손을 잡았다. 마치 친구인 것처럼, 아니면 남자가 열병환자이기라도 한 것처럼.

그런 다음 그들은 다시 이야기를 나누었다. 그에게는 시간이 남아돌았으므로 서둘러 그녀를 떠날 이유가 없었다. 그녀는 사미의 팔을 어루만지며 사미가 눈치 채지 않게 가끔 문 위에 걸린 시계로 눈길을 돌렸다. 그리스어는 잘해? 사미가 물었다. 하지만 여자는 그런 이야기를 하기 싫어했다. 차라리 독일 남자들이 그녀에게 늘 특정한 단어를 가르치려 한 것에 대해 이야기를 하고 싶어 했다. 혹은 이따금 젊고 잘생긴 체코 남자들이 오는데 그런 사람들이 왜 오는지 모르겠다는 얘기 같은 것들. 한번은 그런 남자 셋이 한꺼번에 왔는데 그녀와 여기에서 일하는 다른 아가씨 둘이서 동시에 그들과 했노라고, 그리고 그 가운데 가장 잘생긴 남자를 낚아채서는 다른 아가씨들에게 주지 않았노라, 하는 얘기들.

"너, 나도 다른 아가씨들에게 주지 않을 거니?" 사미가 웃으면서 물었다.

"당연하지." 말하면서 그녀는 웃었다. 그러고는 일어났다. 일어나면서 몸을 남자에게서 돌렸다. 하지만 그는 옆모습으로 보았다. 순간, 그녀의 젊고 생글거리는 얼굴이 한순간 얼어붙는 것을.

"또 올 거야?" 계단 아래 현관문을 닫으며 그녀가 물었다.

"응, 아마도." 그는 그녀에게 고개를 한 번 끄덕이고는 재빨리 사라졌다. 기분이 좋았다. 사미는 금방 그걸 알아차렸다. 밝은 햇살에 잠깐 눈이 부셨다. 눈에 티가 들어간 듯 몇 번 눈을 깜박였다. 그리고 생각했다. 돌아보지 말자고. 하지만 그는 몸을 돌려 바라보았고, 그녀는 이미 그 자리에 없었다.

가면서 그는 핸드폰을 켰다. 부재중 전화가 한 통도 오지 않았다. 아마도 그들은 오늘밤 서로 죽이고 말았나 보다. 그는 남모르게 시니컬한 미소를 지었다. 프란쿠츠카로 가서 전차 정거장 앞에 섰다. 치츠코브로 가는 전차를 기다리며 그는 이번 주 내로 바르셀로나로 돌아가야겠다고 마음먹었다. 반년이나 그는 프라하에 있었다. 몇 주만 머물려고 왔었다. 그런데 이곳에서도 다른 곳에서처럼 시간을 허비하고 있었던 것이다.

아르투어에게

지금 막 그리 유쾌하지 않은 일이 일단락되었다. 처음에는 내가 원하지 않았고 나중에는 그녀가 원하지 않았다. 마지막으로 그녀가 말했다. "내가 어떤 결정을 했는지 스스로 알게 되면 편지를 쓸게." 편지는 며칠 전에 왔다. 이제 나는 다시 처음부터 시작할 수 있었다.

이튿날 저녁 꽤 늦게 베를린에 있는 보르샤르트 레스토랑에 도착했을 때 나는 이렇게 생각했다. 저 여자도 나쁘지 않은걸! 그녀는 에밀과 함께 앉아 있었고 우리는 멀리서 서로를 보았다.

에밀은 오전에 베를린 앙상블에서 호르바트 상을 받은 것에 아직까지 잔뜩 흥분을 하고 있었다. "왜 안 왔어?" 에밀이 물었다. 작고 소심해 보이는 그의 얼굴은 자두셔벗처럼 붉어져 있었다.

"미안." 나는 손을 내밀었다. 그는 내 뺨에 입을 맞추려고 했다. 연극하는 사람들은 늘 그런다. 할 수 없이 입을 맞췄다. 그런 다음 흰 천이 덮인 긴 탁자에 비좁게 앉은 사람들에게 인사를 했다. 대부분 모르는 사람들이었고 몇몇은 아는 사람이었으나 지루한 인간들이었다.

그녀는 아직 나를 바라보고 있었다. 그녀의 눈은 뭐랄까, 사람들이 깊고 흥미로운 눈이라고 말하는, 그리고 다른 사람의 신경을 쉽게 건드리는 그런 타입의 눈이었다. 그녀는 입술이 아주 붉었다. 그렇지, 깊고 흥미로운 눈을 가진 여자들은 대부분, 저렇게 입술이 붉지. 립스틱은 부자연스럽게 너무 번쩍거리고.

나에게 편지를 보냈던 여자는 저런 눈이 아니었다. 깊긴 했지만 저 눈과는 달랐다. 그 눈을 들여다보고 있으면 나 자신을 보고 있는 것 같았다. 적어도 내가 그녀와 함께 있을 때는 그랬다.

나는 다른 탁자에서 의자 하나를 가져와서는, 좀 같이 앉겠습니다, 하고는 사람들 틈에 의자를 집어넣었다. 이제 여자는 내 맞은편에 앉게 되었다. 나는 무릎으로 그녀의 무릎을 슬쩍 건드렸고 여자는 자기 무릎을 치워버렸다.

"뭘 마시고 싶어요?"

"전 됐어요."

"저랑 포도주 나누어 마실래요?"

"아뇨."

그녀는 웃었다. 나보다 열다섯 살이나 아래인 여자는 깍듯이 존댓말을 썼다.

"시장해요?"

"며칠 동안 속이 좋지 않아요."

"오케이. 알겠어요."

그런 다음 여자는 나에게 베를린에서 무엇을 했는지 들려주었다. 에밀이 상을 받는 것과 관련이 있었다. 내일 쾰른으로 돌아가는데 기차 출발까지 열두 시간이 있노라고, 저 열두 시간이나 시간이 있어요, 라고 두 번이나 말했다.

여자가 수다를 떠는 동안 나는 다른 생각을 하고 있었다. 내 머리를 저 여자 어깨에 기대면 어떤 느낌이 들까? 브래지어 끈이 닿은 곳에 살은 삐죽 나왔을까? 그런 다음 나는 그녀에게로 몸을 굽히고는 여자에게서 나는 냄새가 괜찮은지 않은지 보려고 했다.

그녀도 내 쪽으로 몸을 굽히고는 "저, 보쿰 극장에서 하시는 연기, 다 봤어요, 아르투어 선생님." 하고 속삭였다.

우리 주위의 목소리들이 점점 커졌다. 누군가 스피커의 볼륨을 천천히 올리는 듯한 느낌이었다. 하지만 상관없다, 저 여자의 말을 다 알아들을 필요는 없으니.

작고 소심한 에밀이 좌중을 향해 말했다. "여러분, 여길 좀 보세요! 우리, 외된을 위해 건배합시다!"

종업원이 쟁반을 들고 좌중을 돌았고 우리는 보드카 한 잔씩을 얻었다. 다들 단숨에 들이켰다. 다음은 거구에 백발인 동독 출신이 말했다. "자 이번엔 오늘의 수상자 에밀을 위하여!"

"오늘 왜 베를린 앙상블에 오지 않으셨어요?"

"아, 제가 그러니까, 몸이 좀 안 좋아서."

"제 생각에는요, 선생님도 그 상을 받으셔야 했어요." 그녀의 말소리는 아주 작아서 소음이 가득한 레스토랑 안에서 거의 알아들을 수가 없었다.

한 번 더 여자의 무릎을 건드려본다, 만다? 그 순간 나는 그런 궁리를 했다. 종업원이 새 잔을 날라 왔고 우리는 모두 에밀을 위해서 마셨다. 잔이 부딪히는 순간, 우리는 좀 오래 서로를 바라보았다. 내 안경이 여자의 눈동자 속에 들어 있었다.

"선생님, 저 곧 가야 해요. 반호수베를린에 있는 지명로 가는 마지막 전철이 언제예요?"

"곧 있을 거예요."

"그럼 지금 나서야겠네요."

기분이 확 잡쳐버렸다. 나는 지난 석 달을 생각하고 있었다. 노미와 내가 일요일 오후에 침대에 누워 차를 마실 때가 제일 좋았다. 나는 벽 쪽에 머리를 두고 누웠고 노미는 반대편에 누워 찻잔이 깨지기라도 할까 봐 아주 조심스레 손에 잔을 들었다. 우리는 라이프니츠 거리에 있던 그녀 아버지의 간이매점에 대해서 이야기를 나누었다. 어릴 때 나는 여동생이랑 언제나 그곳에서 뭔가를 훔치곤 했다.

누군가가 무릎으로 내 무릎을 건드렸다.

"여기서 먼 데 사세요?"

"그리 멀지 않아요."

"집이 예뻐요?"

나는 고개를 끄덕였다.

"그 예쁜 선생님 댁에서 자려면 하루에 얼마를 줘야 해요?"

"네?"

"오백 유로 낼 수 있어요."

"무슨 말씀이신지."

"오백 유로 드릴 수 있다고요." 재빨리 여자가 말했다.

"안 돼요. 그거로는 어림도 없소."

"그럼 육백오십. 그 이상은 못 드려요."

"거절. 미안하네요."

나는 일어나 화장실에 갔다. 계단을 내려가다가 와락 겁이 났다. 굴러 떨어질 것 같았다. 계단을 다시 올라가면서 하이파에 있는 클라라 아주머니 댁 식탁에 앉아 노미와 맛대가리 없는 애플케이크를 먹는 상상을 해보았다. 클라라 아주머니가 헝가리와 아우슈비츠에서 일어난 일들을 이야기하며 암고양이처럼 높은 음으로 키득거리기는 모습도.

"좋아요. 지금 갈래요, 아니면 조금 더 있다 갈래요?" 나는 돌아와서 그녀에게 말했다.

그녀는 거구의 동독인과 시시덕거리는 중이었다. 나는 그들의 말을 잘랐다.

"뭐라고요?"

"그러자고 했소."

"무슨 말씀이신지 모르겠네요." 그러더니 그녀는 그 다른 남자 쪽으로 몸을 돌렸다. 남자가 뤽 베송 감독 밑에서 조감독을 했다고 하자 여자는 어머, 어머, 그래요? 다 들려주세요, 라며 호들갑을 떨었다.

나는 한동안 입을 다물고 앉아서 그들의 대화를 듣기만 했다. 그녀의 잔이 비면 따라주었고 담뱃불도 붙여주었다. 그녀는 단 한 번도 내게 시선을 주지 않았다.

내가 자리를 뜰 때 우리는 악수를 했다. 그녀의 손은 차갑고 딱딱했다. 아마 내 손도 그랬으리라.

"서운해하지 마, 아르투어." 에밀이 큰 소리로 외쳤다. 나는 이미 입구의 옷보관소에 서 있었다. "내년엔 여기서 외된과 널 위해 축배를 들자고!"

나는 손을 흔들어 보이고 그 자리를 떠났다.

집에서 나는 한 번 더 노미의 편지를 읽었다.

"아르투어에게

어제 아침, 길에서 키 작은 할머니를 보았어. 할머니는 마치 사람에게 매달리듯 지팡이를 꼭 쥐고 있었어. 난 너랑 더 이상 함께 있을 수 없어. 그 늙은 여자처럼 되기는 싫거든. 안녕."

나는 그녀의 말을 단 한마디도 믿지 않았다.

우리는 치보 마토에 앉아 있었다

어제 내 친구 알렉시스가 들려준 이야기이다.

그는 어느 파티에 갔다. 적당히 마셨고 팔과 다리는 기분 좋게 풀렸으며 내내 미소를 지었다. 야노비츠 다리 밑에 있는 샘 클럽이 비어갈 무렵 그는 루이자를 발견했다. 사실은 말야, 알렉시스가 덧붙였다, 그 여자 이름은 루이자가 아냐. 그리고 페라는 여자. 그 여자의 진짜 이름도 페가 아냐. 이름 앞에서는 주의해야 한다고.

그보다 이 주일 전 프로큐엠베를린에 있는 예술서적 전문 서점에서 있었던 낭송회에서 알렉시스는 루이자와 이야기를 나누었다. 물론 그녀가 하는 말에 귀를 기울인 것은 아니었다. 나중에 둘은 함께 나갔다. 알렉시스는 칠십년대에 유행하던 갈색으로 물들인 숱 많은 루이자의 머리칼이 제일 좋았다고 했다. 그것 말고는 루이자가 어떻게 생겼는지 말하지 않았다. 처음 있는 일이었다. 그저 그녀의 머리칼 이야기만 했고 그 첫날밤 키스를 아주 많이 했다고만 말했다. 그 여자를 샘 클럽에서 다시 봤을 때 말야, 보자마자 그 따뜻한 머리칼에 얼굴을 푹 파묻고만 싶더라고.

알렉시스가 루이자를 알아보았을 때 그녀는 페와 춤을 추고 있었다. 나중에 루이자는 알렉시스와 춤을 추었고 다시 페와 함께 춤을 추었는데, 그때 그녀는 페에게 키스를 했다. 그런 다음 알렉시스가 페와 춤을 추었고 그다음 루이자와 추었는데, 그녀는 이번엔 알렉시스에게 키스를 했다. 다음 곡이 흘러나오자 알렉시스와 페가 키스를 했는데 갑자기 루이자가 그들 앞에 나타나서는 한쪽 팔은 알렉시스의 어깨에 두르고 다른 쪽은 페에게 두른 채 알렉시스에게 그리고 페에게 키스를 퍼부었다. 그 뒤, 그들은 함께 춤을 추었다.

이 대목에서 알렉시스는 말을 멈추었다. 잠깐만, 곧 돌아올게. 우리는 치보 마토 레스토랑의 뒷자리에 앉아 있었다. 긴 벽이 있는 쪽이었다. 우리는 알록달록한 큰 그림이 있는 다른 벽 쪽에는 절대 앉지 않았다. 늘 그 맞은편에 있는 구석의자에 앉곤 했다. 그는 핸드폰을 가지고 나갔고 길거리에서 이리저리 왔다 갔다 하며 통화를 했다. 자리로 돌아와서는 요한나야, 라고 말했다. 그 이상은 말하지 않았다. 그의 마누라가 요한나라는 걸 내가 알고 있고 그다음 이야기가 어떻게 전개될지 대충 뻔하기 때문일 것이다.

우린 샘 클럽에서 나와서 셋이서 노발리스 거리에 있는 페의 집으로 갔어. 그 말을 할 때 알렉시스의 얼굴에는 미소가 번졌다. 놀람, 자랑스러움, 그리고 소심함이 뒤섞인 그런 미소.

페의 집은 참 맘에 들더라. 책도 많고 파란 리놀륨에다 책상 위에는 바우하우스 사진도 떡 걸려 있는데, 진품인 것 같더라니까. 루이자의 집은 달랐어. 별로 맘에 안 들었어. 루이자가 페보다 훨씬 어리거든. 그라이프스발트 거리에 있는 어두침침한 집에 방 한 칸인데 맙소사, 곳곳에 옷가지며 담뱃잎이며 링수첩에서 찢어낸 메모조각이며 게다가 계산서까지 널려 있더라니까. 그래, 까짓것 이해할 수 있어. 루이자가 페보다 얼굴이 예쁘니까. 그래도 몸매는 페 쪽이 나아. 아무려나 루이자는 별로 매력이 없었다이 말씀.

"오케이. 그리고?" 나는 물었다.

"너 해봤어?" 그가 물었다.

"아니."

"빌어먹을, 그럼 말해봤자 알아듣지 못할걸!"

"그래서? 얘기해봐."

"밤새 했지."

그는 미소를 지었다. 이번에는 승리감에 찬 미소. 나도 미소를 지었으나 나는 내 미소가 그다지 맘에 들지 않았다. 지금 알렉시스가 마음에 들지 않는데도 미소를 짓고 있었기 때문이다.

"말해봐." 내가 알렉시스에게 말을 던졌다.

그는 어깨를 으쓱해 보였다. 그때 전화가 왔다. 그는 나갔다가 돌아오면서 페야, 라고 말했다.

그래 이야기 계속 하자. 내가 대부분의 시간 동안 눈을 뜨고 있었잖냐. 그런데 한번 눈을 감았는데 말이다, 이따만 한 핑크빛이 도는 회색 하늘이 눈앞에 떡 나타나는 거야. 처음 보는 놈이었어. 환장하겠더라. 또 보고 싶어서. 될 수 있는 한 자주 보고파 죽을 지경이야.

알렉시스는 그리스인이었다. 그래서 이렇게 여린 이야기를 한다. 하지만 그도 강할 때가 있었다. 그 견고함이 어디에서 오는 건지 나는 몰랐다. 어쩌면 그의 성격일지 몰랐다. 아니면 할아버지 할머니 밑에서 자라서 그런가? 어쩌면 여자 이야기를 할 때나 술을 마실 때만 강해지는 걸지도 모른다. 그리고 저 얼굴. 좀 넙적하고, 하지만 아주 영리해 보이는 얼굴. 그리고 검은빛에 성나 보이는, 미간이 약간 넓은 눈.

"그러니까 한 번은 이 여자랑, 또 한 번은 다른 여자랑." 내가 셋이서 할 때는 어떻게 하느냐고 묻자 알레시스가 한 대답이었다.

"결국 어떻게 돼? 그러니까 다른 여자가 모욕을 느끼지 않느냐 말이야."

모르지, 라고 알렉시스가 말했을 때 나는 일 초가량, 잘 볶은 피스타치오, 그리이스 산 산테 담배와 바다 냄새를 맡았다.

"해볼 수 있는 일을 다 해보지는 않았어."

"그래?"

"응."

나는 재빨리 내 와인잔을 비웠다.

"정신병동 같아."

"정신병동?"

"그래. 아무하고나 하고. 하지만 나 더 해볼래. 그런 경험 처음이거든."

우리는 계산을 하고 바깥으로 나왔다. 알렉시스는 또 전화를 했고 이번에는 나도 전화를 했다. 그런 다음 알렉시스가 또 한 번 전화를 했다. 그때 나는 그가 몇 주 전부터 참 강해 보인다고 생각했다. 마치 내가 장편소설 하나를 끝냈을 때처럼. 그때 나는 아주 높은 곳에 있었으나 동시에 알고 있었다, 곧 깊이 추락하리라는 것을.

우리는 샘 클럽으로 가기로 했다. 바인마이스터 거리를 따라서 알렉산더 광장까지 간 다음 거기서 끔찍한 알렉산더 거리를 지나 야노비츠 다리로 갔다. 오늘밤, 알렉산더 거리는 크리스마스 시장이 선 덕분으로 그렇게 끔찍하지 않았다. 작년보다 더 많은 상점과 기구 들이 있었다. 커다란 바퀴, 활주궤도, 단숨에 밑으로 툭 떨어지게 되어 있는 높은 강철기둥도 있었다. 하늘은 열은 파란색과 붉은색 등으로 채워졌고 등불이 없는 곳은 끝없이 넓은 곳까지 회색을 띤 분홍빛이었다.

알렉시스가 계속 이야기를 하는 동안 나는 그를 지나서 위를 바라보았다. 이번엔 요한나 얘기를 하고 있었다. 그의 아내. 요한나는 아무것도 모른다고 했다. 어쩌면 알면서도 표시를 내지 않는지도 모른다. 그는 요한나 얘기를 할 때면 오래전부터 가지고 있는 물건에 대해 사람들이 말할 때처럼 말하곤 했다. 그는 그녀가 어떤지를 말하지 않았다. 그는 또 마누라가 무슨 이야기를 했는지도 말하지 않았다. 그리고 그가 마누라에게 무슨 말을 했는지도 역시 말하지 않았다. 마누라는 언제나 그곳에 있었다. 어쩌면 곧 더 이상 그곳에 머물지 않을지도 모르지만.

"이런 제기랄. 넌 아무것도 몰라!" 알렉시스가 불쑥 말을 꺼냈다.

나는 다시 그를 지나쳐서는 밝고 넓은 밤하늘을 올려다보았다. 그러고는 추워서 모자를 썼다. 그리고 말했다. 응. 네 말대로 난 아무것도 모를지도 몰라.

그도 모자를 썼다. Y-3 시리즈로 새로 나온 알록달록한 술 달린 모자였다. 그 모자를 쓴 남자들은 다시 소년처럼 보이고 싶어 하는 사내들이었다. 그런 남자들은 단 한 번도 유년시절을 가져본 적이 없기 일쑤였다. 나도 그 모자를 하나 샀으나 다행히 사흘

만에 잃어버렸다.

"무슨 생각 하냐?" 알렉시스가 물었다.

"응?"

"지금 무슨 생각 하냐고!"

"너, 게이냐 뭐냐?"

우리는 웃었다.

"네가 말해봐." 그가 내 팔짱을 꼈다.

"내 생각엔…. 관둬. 너도 다 알 텐데 뭐."

"아냐. 정확히는 몰라."

"내 생각인데, 곧 그만두는 게 나을 것 같다."

"부럽냐? 자백해라."

"그래. 그것도 맞아."

우리는 야노비치 다리 앞 네거리에 섰다. 신호등은 파란색으로 바뀌었으나 우리는 그대로 서 있었다. 빨간색으로 변하자마자 동시에 앞으로 한 걸음 떼다가 금방 뒤로 물러났다. 네거리는 탁하고 초록빛이 도는 동베를린의 가로등 불빛에 잠겨 있었다. 그 위의 하늘빛은 여전히 알렉시스가 좋아하는 그 빛깔이었다.

"저 위 좀 봐, 알렉시스."

알렉시스가 하늘을 보았다. 그는 내가 무슨 말을 하는지 즉각 알아채지 못하다가 마침내 이해하는 눈치였다. 그는 나를 진지하게 바라보았다, 그 검은빛의 미간이 넓은 눈으로. 신호등이 파란색으로 바뀌고 우리는 횡단보도를 건너갔다.

샘 클럽 앞에서 우리는 헤어졌다. 나는 들어가고 싶지 않았다. 지나가는 택시를 기다리면서 나는 몇 번 알렉시스를 향하여 몸을 돌렸다. 그는 클럽지기와 함께 문 앞에 서 있었다. 사람들이 그들을 지나 안으로 들어갔다. 문이 열릴 때마다 콘트라베이스 음악의 물결이 밤거리로 흘러나왔다. 갑자기 알렉시스가 사라졌다. 다만 열린 문 사이로 그의 주황과 파랑이 뒤섞인 술 달린 모자가 사람들 틈에서 사라지는 것이 보였다. 문이 닫히자 바깥은 일순 다시 조용해졌다.

드디어 택시가 왔다. 택시에 올라타고 나는 눈을 감았다.

"베테라넨 거리 6번지. 가능한 대로 빨리 가주세요."

몹시 추웠다.

멜로디

이바가 죽은 지 이 개월 만에 토마스와 멜로디는 사랑에 빠졌다. 멜로디는 당장 시카고에 사는 메릴 존슨에게 전화를 해서는 유럽 휴가 후에 다시 돌아가지 않겠노라, 통보를 했고 둘은 파리로 가서 셀린 거리에 집을 구했다. 팔월에 이삿짐센터 사람들이 피렌체에서 토마스의 남은 짐을 가져다주었다. 이바의 물건과 가구들은 이미 이월에 그녀의 부모가 가져간 뒤였다.

겨울에 토마스는 개종을 하기로 결심했다. 그러나 정작 멜로디의 부모가 이스트 햄튼에 있는 랍비를 추천하자 토마스는 이리저리 핑계를 대며 그 일을 미루었다. 그는 다시 글을 쓸 수 있었고 이바 생각을 하지 않을 때면 그런대로 잘 지냈다. 언젠가 멜로디와 말다툼을 하면서 그는 말했다. 우리 진도가 너무 빠른 거 아냐? 그래? 그렇담 천천히 하시지그래, 멜로디는 이렇게 말하며 그의 따귀를 갈겼다.

할례는 어퍼이스트사이드에 있는 시나이 산에서 했다. 마취에서 깨어나자 토마스는 멜로디에게 말했다. 다시는 날, 떠나지 마, 이바. 석 달 뒤 토마스와 멜로디는 결혼했고 뉴욕으로 이사를 했다.

뉴욕으로 오자 토마스는 이바가 죽은 뒤보다 더 쉬엄쉬엄 일을 했다. 대부분의 시간 동안 그는 침대에 누워 텔레비전을 보았다. 아니면 콜럼부스 델리에 앉아 창밖을 바라보면서 울지 않으려 입술을 깨물었다. 그를 지나쳐가는 젊은 여자들 가운데 둘 중 하나는 이바를 떠올리게 했다. 그러던 어느 날 이바가 그의 옆에 앉았다. 그녀의 이름은 안드레아. 이바처럼 디오르의 듄 향기가 났고 역시 이바처럼 프랑크푸르트에 있는 베티나 김나지움을 다녔다. 이야기를 하면서 그녀가 손을 토마스의 손 위에 얹기도 했고, 두 사람이 오래도록 말없이 서로를 깊이 들여다보기도 했다. 하지만 헤어지면서 전화번호를 주고받지는 않았다.

일 년 뒤 멜로디는 첫 남자친구였던 아베와 다시 사랑에 빠졌노라, 고백했다. 토마스는 그때부터 말을 중단했다. 멜로디는 아무 일 없다는 듯 매일 사무실로 나갔고 토마스는 더 쉬엄쉬엄 글을 썼고 더 이상 밖에도 나가지 않았다. 저녁이면 둘은 텔레비전 앞에 앉았고 토마스는 같은 종이에 욕설과 사랑의 말을 번갈아 갈겨서는 멜로디에게 밀어 건넸다. 언젠가부터 둘은 더 이상 함께 살 수가 없었고 그런 생각이 들자마자 토마스는 다시 말을 할 수 있었다. 그가 한 첫말은 이랬다. "나 독일로 돌아갈래."

그리고 그렇게 삶은 계속되었다. 토마스는 프랑크푸르트의 길에서 안드레아를 다시 만났고 그들 사이에 아들이 태어났다. 멜로디는 아이를 임신했으나(아이 아버지는 아베였다) 아베의 아내도 임신했다는 소식을 들은 뒤 유산했다. 안드레아는 어린 아들 체에프에게 할례를 시키지 않으려고 했고 토마스에게 헤어지자는 선언을 했다. 토마스는 더 자주 베스트엔드 유대교당을 찾았고 더 이상 글을 쓰지 않았으며 보랏빛 연무 속에 사는 기분에 휩싸였다. 멜로디는 클라피시세드릭 클라피시(Cédric Klapisch), 유대인 출신의 프랑스 영화감독에 푹 빠져 있다가 기적에 가깝게 가까스로 치유되었다. 아베는 가정을 버리고 사흘을 연달아 멜로디의 창문 앞에서 〈I wanna hold your hand〉를 불렀다. 나흘째가 되던 날 멜로디는 그를 집 안으로 들어오라고 할 참이었다. 하지만 그녀의 집으로 가던 중 아베는 이스트 강에 몸을 던졌다. 토마스는 심샤트 토라에 있는 유대교당에서 유디타를 알게 되었다. 그녀에게서는 멜로디에게서 나던 마크 제이콥스의 향기가 났고 그녀도 베티나 김나지움을 다녔다. 몇 달가량 둘은 서로에게 열중했다. 육 년 뒤 멜로디와 토마스는 텔아비브에서 열린 결혼식에서 같은 식탁에 앉게 되었다. 그날 밤 둘은 멜로디가 묵고 있던 힐튼 호텔 방에서 정사를 나누었고 정사 후 토마스는 욕실에 들어가 문을 잠갔다. 이바를 생각하며 울고 싶었기 때문이었다.

토마스와 멜로디는 지금 다시 함께 셀린 거리에 살고 있다. 잘 지내고 있다.

차갑고 어두운 밤

"아세요, 여자에게 제일 중요한 건 피부라고요."

그가 말했다.

"아, 그렇군요."

"그럼요. 부드러운 경우도 있고 조금 탱탱한 경우도 있는데 탱탱한 게 좋아요. 때로는 긴장으로 너무 빳빳해져서 아, 이 여성에게 무슨 일이 있구나, 싶은 느낌을 받는 경우도 있고요."

그녀는 고개를 끄덕였다. 그는 아주 비싼 갈색 양복을 입고 있었다. 좁다란 어깨와 깃이 그에게 썩 어울리는 듯했다. 그의 눈은 차갑고 슬퍼 보였고 면도를 하지 않았으며 피곤해 보였다.

"목 피부는 당연히 팔이나 배와는 다르죠. 향기도 다르고요. 레몬수나 바다냄새, 아니면 추억의 향기. 저는 피부를 보고도 아, 저 여성의 상태가 어떻구나, 하고 짐작할 수 있답니다."

"정말요?"

"그럼요."

그들은 인터콘티넨탈 호텔 바의 마지막 손님이었다. 약간은 창피했다.

"그럼 저는 어떤 거 같으세요?"

그는 여자를 찬찬히 살펴보았다. 나이보다 젊어 보였다. 지금은 새벽 두시이고 여자 혼자 남자 옆에 앉아 있다.

그는 그녀의 팔에 손을 얹었다. 그러고는 손가락으로 몇 번 그녀의 고운 금발을 쓰다듬었다. 그러더니 멈추고 팔꿈치를 바에 대고는 바텐더에게 맥주 한 잔을 더 주문했다. 이 여인에게도 한 잔 더.

"당신은 아주 용감한 여성이군요. 때로 너무 용감해서 탈이지만."

"전 잘 지내나요?"

아니오, 그는 생각했다. 그러나 그는, 흥분을 하시면 목에 붉은 반점이 생기는군요, 라고 말했다.

"어머, 지금도요?"

"예." 거짓말이었다.

"아니, 꼭 그런 건 아니에요."

"저는 십사 년 동안 이곳을 떠나 있었어요." 그가 불쑥 말을 돌렸다.

"정말요? 어디에 사시는데요?"

"텔아비브."

"텔아비브?"

"예. 텔아비브. 무슨 생각을 하세요?"

"아무것도 아니에요. 그런데 왜 여기를 떠났어요?"

"어떤 사람의 피부는 마치 가죽처럼 질기지요. 또 어떤 사람은 내 딸 피부처럼 부드러운 피부를 가지고 있기도 하구요."

"왜 지금, 여기에 계세요?"

"당신 때문에요."

"서로 그냥 스쳐 지나가지 않은 게 천만다행이네요."

"당신은 어쨌든 절 믿지 않으실 거예요. 전 향수병이 들었답니다. 향수병이 생기면 치료를 해야지요. 나무도 그립고, 왜, 정말 푸른 나무 있잖아요. 그리고 프레스 골목에 있는 마레도 식당, 흰 피부, 왜 키스를 많이 해주면 빨개지는 피부 말예요. 그 피부도 그립고."

"왜 제가 믿지 않을 거라고 생각하세요?"

"방금 전 '텔아비브'를 어색하게 발음했잖아요."

"텔아비브. 조금 나아졌나요?"

"왜 지금 여기 있어요?"

"나요?"

"예. 당신."

"제게 무슨 일이 있어 보여요?"

"네. 무슨 일이에요?"

"당신은 말 안 해도 다 알 것 같아요."

그는 다시 손가락으로 그녀의 팔꿈치 아래를 쓰다듬었다. 그러더니 목으로 옮겨가 도드라진 쇄골 사이를 만지작거렸다. 그러면서 말했다.

"당신은 생각을 충분히, 그리고 천천히 하는 타입이지요. 언제나 곰곰 생각하지만 답은 모르고요. 당신의 친구들은 당신에게 아무것도 묻지 않아요. 다 너 때문이야, 남자 때문이 아니라고. 대개 그렇게 친구들은 말하지요. 왜 언제나 똑같은 타입의 남자만 찾느냐고? 처음에는 당신도 그 일에 대해서 친구들과 토론을 했지요. 그럼 그대는 대답했지요. 단 한 사람이야. 이 세상에는 단 한 사람이 있다구. 당신 친구들은 당신 말을 이해하지 못했어요. 그래서 지금 당신은 당신의 문제를 끌어안고 여기 혼자 있는 거지요. 그리고 전 알아요. 이제 당신은 일어나서 가버릴 거예요. 우린 영영 다시 만나지 못할 테고."

그녀는 잔을 들어 올렸다가 그냥 내려놓았다. 한 모금도 마시지 않은 채였다.

“저, 화장실에 좀.” 여자는 일어났다. 그리고 덧붙였다. “그리고 저 돌아오지 않을지도 몰라요.”

여자는 몇 걸음 걸어가더니 돌아와서 물었다. 제 목이 빨개졌나요?

“예.”

“저도 알아요.”

몇 분이 지나고 난 뒤 남자는 전화기를 집어 들어 프랑크푸르트 전화번호를 눌렀다.

“야콥, 벌써 자? 야콥, 야콥, 좀 들어봐. 통했어. 뻔뻔한 놈 역할이 통했다니까. 그리고 이스라엘 이야기도 통했고. 네가 말한 대로야. 정말 넌 천재다! 인터콘티넨탈에서. 그래, 그래. 방은 이미 구해놨어. 아니, 아니. 지금 끊어야 해.”

그는 전화기를 내려놓았다. 그러고는 전화기를 진동으로 해놓고는 손가락 끝으로 바를 토닥거렸다. 바는 차갑고 광택이 났다. 그는 눈을 감고 방에 올라가면 어떤 일이 벌어질지 상상했다. 여자에게 물어야지. 먼저 벗을래? 그런 다음 옷을 벗는 여자를 천천히 오래 바라보리라. 희고 금빛 도는 몸, 흰 젖가슴, 하얀 목, 하얀 허벅지, 그리고 하얀 얼굴. 그런 다음 키스를, 긴 키스를, 아주 긴 키스를 하겠지. 여자의 얼굴은 붉게 달아오르리라. 목과 배까지도. 여자의 짧은 금발을 헝클이며, 하얀 피부 곳곳을 쓰다듬으며, 키스를 퍼부으리라. 만일 그녀가 허락한다면 조금 때려가면서. 모든 접촉 끝에 이 하얀 독일 피부는 한숨을 내쉬리라. 그 흥분된 숨이 날, 흥분시키리라. 그녀는 지금 나에게 아주 가까이 있다. 나도 그녀에게. 그는 미소를 지었다. 눈을 뜨면서 생각했다. 이거 참, 생각지 못한 괜찮은 밤인걸.

남자는 삼십 분가량 여자를 기다렸다. 그 뒤 계산서를 요구했다. 외투를 입으며 잠시 망설였다. 여자화장실을 들여다볼까 말까? 프런트로 가서 방값을 지불하고 택시를 타고 집으로 돌아왔다. 그뤼네부르크 거리에 택시가 들어왔을 때 비가 내리기 시작했다. 비는 검은 차창을 두들겼고 바깥에는 오렌지 빛 가로등이 스쳐 지나갔다. 창가에 푸른빛이 도는 네온등이 샌드위치 가게 앞에서 누군가가 춤을 추듯 헛걸음을 떼다가 넘어졌다.

되는 대로 빨리 다시 한 번 시도를 해봐야지. 불현듯 그런 생각이 떠올랐다. 그래. 가능한 한 빨리.

나비들

"뱀, 장미, 그리고 호랑이."

그는 조용히 말했다.

"그것 말고는 아무것도 없어?" 그녀가 물었다.

"또 있어. 나비."

"호랑이로 할래."

"어디에?"

"앞에. 골반 위에. 넌 늘 거기에 관심이 있잖아."

그녀는 치마를 들어올렸다. 손을 두 다리 사이에다 얹더니 그의 쪽으로 몸을 돌렸다. 그들은 그의 책상 옆에 앉아 있었다. 그녀는 책상의자에, 그는 피아노의자에. 조용한 음악이 흘러나오는 노트북의 화면이 밝은 파란색으로 빛났다. 그 빛 말고는 방 안은 어두웠다. 침대 옆에 있는 작은 램프만 켜져 있었다. 남자가 말했다.

"키스해줘."

"싫어."

"왜?"

"입 다물고 할일이나 해!"

그녀는 남자의 앞으로 엉덩이를 들이밀었다. 남자는 어린이용 타투를 그녀가 원하던 자리에 놓고 작고 푸른 손수건으로 그 위를 꼭 눌렀다. 그는 수건을 미리 목욕탕에서 적셔두었다.

"이제 움직이면 안 돼. 그렇지 않으면 떨어져."

"얼마나?"

"오래."

수건을 누르면서 남자는 여자에게 입맞춤을 하려 했다. 하지만 그녀는 입술을 꾹 다물고 고개를 옆으로 돌렸다.

"왜 그러는 거야?" 그의 목소리는 화가 나 있었다. 수건을 치우고 조심스레 젖은 타투를 떼어내었다. 사나운 군청색의 호랑이가 그를 바라보았다. 엉덩이께 있는 피부는 다른 곳보다 더 하얬고 호랑이를 붙여놓으니 우윳빛이 되었다.

"그다음은 뭘로 할 거야?" 그녀가 물었다.

"나비."

"어디에?"

"가슴에?"

"좋은 생각이야. 그래, 가슴에."

그녀는 블라우스의 단추를 풀더니 손으로 젖가슴을 들어 올렸다. 그들은 어떤 나비가 나을지 함께 의논했다.

"수건을 잡고 있어. 나, 다른 노래 들을래."

그는 노트북 쪽으로 몸을 돌렸다. 50센트미국의 랩가수가 들어가고 미니 리퍼튼의 노래가 나왔다.

나비는 크고 검붉은 날개를 달고 있어서 나비를 붙이니 그녀의 젖가슴은 더 커 보였고 피부는 더 환해졌다. 그녀는 그걸 내려다보고는 깜짝 놀라며 만족스런 미소를 짓고는 블라우스를 바르게 고쳐 입으며 그를 진지하게 바라보았다. 그도 그녀의 눈을 바라보았다. 그러더니 남자 쪽을 향하여 정면으로 서서는 양 발을 피아노의자 위에 올리고 똑바로 섰다. 다시 둘은 아무 말 없이 서로를 바라보았다. 그녀가 먼저 입을 떼었다.

"꿈도 꾸지 마."

"미쳤어?" 그는 손을 그녀의 무릎에 얹더니 손가락으로 허벅지 안쪽을 따라 천천히 위로 더듬어 올라갔다.

"안 돼!"

그는 손을 얼른 떼었다.

"우리 둘 가운데 여자는 나야. 알겠어? 그러니 화내는 거, 그만두라고."

"자, 우리 춤이나 추자."

둘은 일어나서 서로를 조심스럽게 안고 몇 바퀴 돌았다. 미니 리퍼튼은 아주 고음으로 노래를 불렀다. 탄식을 하듯 아주 느린 노래였다.

"진짜 너무 호모 같다, 그치?"

그렇게 말하고 그녀는 멈추어 섰다. 그는 다시 화가 나려고 했다. 하지만 그녀는 그에게로 몸을 대고는 목과 벗은 어깨에다 입맞춤을 해주었다. 그리고 말했다. 이번엔 장미야.

"어디에?"

"알잖아."

"수건을 적셔야 해. 빨리 갔다 올게." 그는 코믹한 미소를 지었다.

그가 돌아왔을 때 그녀는 그에게 등을 돌리고 책상 위에 서 있었다. 그녀는 치마를 들어 올려 엉덩이쯤에 걸쳐두었다. 그녀의 팬티는 노트북 옆에 있었다.

"장미?" 그가 물었다.

"응."

그는 장미 타투를 젖은 수건으로 꾹 눌렀다. 기다리는 동안 그는 손가락으로 그녀의 벗은 엉덩이를 어루만졌다.

"대니."

"응?"

"아무것도 아냐."

그녀의 목소리는 부드러웠다.

"대니. 나 이제 집에 갈래. 화내지 마, 알겠지?"

"응."

그는 수건을 떼고는 그녀를 놓았다.

"정말 잘 됐다."

"진짜?"

"응."

"어떤지 말해봐."

"진짜처럼 보여. 정말로 타투처럼 보인다니까."

"그래, 나도 보았으면 좋아했을 거야."

남자가 문득 말했다.

"난 네가 이해가 안 돼. 다 지나간 일 아냐? 아니면 아직 진행 중인 건가? 난 다 지나간 일이라고 생각해."

그녀는 몸을 돌려 남자를 바라보았다. 그녀는 팬티를 손에 들고 있었다. 그는 팬티를 빼앗아 어디론가 던져버렸다. 그러고는 약간은 우악스럽게 그녀의 턱을 잡고 입맞춤을 했다.

"내 신경 건드리지 마."

"너도 내 신경 곤두서게 하잖아."

남자는 그녀를 침대로 데려가려고 했으나 그녀는 저항하며 말했다.

"그만하고 욕실로 가자. 타투가 어떻게 되었는지 보고 싶어."

그들은 욕실로 갔다. 그녀는 욕조 가장자리에 서서 머리를 뒤로 젖혀서는 세면대 위의 거울로 자신의 작고 보드라운 엉덩이 위에 있는 장미를 보았다.

"정말 멋지다." 그녀가 활짝 웃었다.

"진짜 맘에 들어?"

"응."

"원래 누구 생각이었어?"

"내 생각!"

"진짜?"

"응."

그녀는 다시 웃었다.

그는 그녀가 밑으로 내려오는 걸 도왔다. 그런데 어느샌가 그녀의 손에 빗이 들려 있었다. 그녀는 길고 검은 머리칼을 천천히 빗으며 거울을 바라보았다.

남자가 그녀의 옆에 서서 그 모습을 바라보았다. 그녀는 빗을 내려놓았다. 동시에 둘은 거울 속에서 서로의 눈동자를 바라보았다. 그녀가 빗으로 머리칼을 빗을 때마다 낮게 뽀드득거리는 소리가 났다.

"아니면 아직 안 끝난 일이야?" 남자가 말했다. 그녀의 눈에 금세 눈물이 고였다. 그녀가 말했다. "내가 지금 눈을 감으면 눈물이 떨어질 거야."

"그럼 그렇게 해."

"아니. 여기서는 안 돼."

"샤를 트르네 노래 틀게, 응?"

그녀는 고개를 끄덕였다.

그가 욕실을 나갔다. 몇 분 후 그녀는 아주 크게 틀어놓은 〈La Mer〉를 들었다. 노래가 온 집 안에 울렸다. 그녀는 남자가 돌아오기를 기다렸다. 거울을 바라보았다. 거울에 비친 그녀의 젖가슴 위로 나비가 올려져 있었다. 그녀는 나비가 좋았고 이 저녁이 좋았고 이곳에 있는 것이 좋았다. 그녀는 미소를 지었다. 그런데 그때 그녀의 얼굴에 변화가 일어났다. 그녀는 천천히 욕실 바닥에 주저앉아 눈을 감았다. 눈물은 천천히 그녀의 눈가를 떠나서 뺨과 목을 지나갔다.

접착테이프로
붙인
해피엔드

접착테이프 이야기는 식초병에서 시작된다.
지난번 이사 때 그는 식초병을 꼭 가져가고 싶었다. 손을 몇 번 움직였을 뿐인데 마치 평생 그 일만 해온 양 테이프가 근사하게 붙었다. 접착테이프를 병마개에 대고 병을 천천히 돌리면서 테이프가 밑으로 미끄러지지 않도록 주의한다. 마무리할 때는 송곳니로 테이프를 살짝 뜯어서 재빨리 찢는다. 접착제가 묻어 있는, 미끄러우면서도 달콤한 맛이 나는 안쪽 갈색 부분을 따라 침을 바른다.독일 접착테이프 중에는 침을 발라 붙이는 것도 있다 식초병 다음은 잼병이었다. 잼병을 그렇게까지 포장할 필요는 없었지만 말이다. 그

다음은 백개먼세계에서 가장 오래되었다는, 주사위를 사용하는 전략게임 게임판과 서류가 든 서랍 차례였다. 이삿짐센터 사람들이 오기 전에 그는 심지어 전화수화기까지 테이프를 단단하게 둘러놓았다. 마침 그 일을 하고 있던 참이라 의기양양한 미소를 지으며 여자친구 아니카가 사랑하는 테디 베어도 갈색 접착테이프 미라로 둔갑시켜버렸다. 그러고는 자신도 깜짝 놀라 그 불쌍한 곰을 쓰레기통에 집어던졌다.

프리모 티시만은 그렇게 실용적인 사람은 아니었다. 스스로도 그렇게 평했다. 하지만 접착테이프를 손에 들자마자 접착테이프의 신이 되었다. 창문 앞에는 더 이상 커튼이 없었다. 카를슈타트 백화점에서 사온 천조각을 그는 창틀에다 접착테이프로 붙여두었다. 새로 이사간 집에 걸린 그림들은 못이 아니라 접착테이프로 만든 예술적인 만능걸이에 걸려 있었다. 부엌 바닥에 떨어진 빵부스러기나 잡티들을 그는 접착제가 발려 있는 테이프 안쪽으로 모았다. 너무나 편리했으므로 하루는 모든 가구들을 접착테이프로 바닥에 고정시켜버렸다. 손님들이 와서 이 모든 걸 뒤죽박죽으로 만들어버려도 나중에 치우면서 어떤 의자가 어디에 있었는지 애를 써서 생각하지 않아도 되었다.

사십이 년 동안이나 티시만은 그의 재능(차라리 애착이라고 불러야 하지 않을까?)을 모르고 살았다. 사십이 년. 접착테이프가 없던 나날들. 살아가면서 만났던 사람들이 그를 세상을 모르는 꽁

생원이라고 생각했던 그 나날들. 그들에게 드디어 뭔가 보여줄 것이 생긴 것이다! 그런 생각을 하면서 그는 사무실에 앉아 벌써 다섯 번째 아니면 여섯 번째 숫자조합을 검열하고 있었다. 뭘 보여준단 말인가? 그는 소스라치게 놀라며 스스로 물었다. 그리고 어떻게? 그리고 단념한 듯 머리를 흔들었다. 그다음 시계를 보았다. 언제나 정확한 순간에 그는 시계를 보았다. 오후 다섯시 몇 초 전. 컴퓨터를 끄고, 일할 때 신는 편한 신발을 벗고 딱딱한 영국제 신으로 갈아 신었다. 그리고 사무실을 나섰다. 아참 나서기 전, 그는 세면실에서 젖은 빗으로 머리칼을 넘기면서 거울에 비친 자신의 모습에 침울하게 손을 흔들었다.

밤이었다. 이웃이 모두 잠든 시간. 누군가 티시만 집의 초인종을 눌렀다. 그가 상상한 것처럼 생기지도 않았고 그렇다고 딱히 그렇지 않다고도 할 수 없는 여자였다. 눈에 띄지 않는 옷차림. 회색 바지, 밋밋한 실크 블라우스, 작고 붉은 귀고리. 그녀는 정확한 독일어를 구사했다. 다만 듣고 있을 때 입술을 가볍게 다물었다가 다시 여는 것을 보고 그는 그녀의 직업을 짐작할 수 있을 뿐이었다.

"어디?"

그가 돈을 주고 난 뒤 여자가 물었다.

"거실. 먼저 들어가요."

그녀는 거실로 가서 소파에 앉아 기다렸다. 한동안 그는 열린 문틈으로 그녀를 관찰했다. 불안해하지 않는군. 하지만 지금 저 여자 상태가 어떤지 짐작이 가. 그에게로 오는 모든 여자들이 저런 상태가 되지만 누구도 그 사실을 발설하지는 않았다. 다만 모두 이곳을 가능한 한 빨리 다시 벗어나고 싶어 했다. 모니카도 그럴까? 부엌으로 가면서 그는 여자 이름이 정말 모니카일까 하고 생각했다. 그는 접착테이프 하나를 세면대 밑에 있는 장에서 꺼내 거실로 갔다. 탁자 위에 테이프를 올려두고 안락의자에 앉았다.

"이름이 뭐예요?"

"모니카."

"진짜 이름은?"

"클라우디아."

이 세상에는 적어도 그 못지않게 이상한 사람들이 있는 모양이다.

"제가 아니면 손님이?"

여자는 서둘렀다.

"내가…. 댁을."

"그런 다음은?"

"잘 모르겠습니다." 그는 접착테이프를 검지손가락에 대고 돌렸다. 그리고는 불쑥 이렇게 말했다. 저, 아직 제가 생각을 끝까지 다 해보지 않아서요. 돌아가세요.

돌아보기 프리모 티시만. 열두 살, 체육시간, 일주일에 한 번씩 열리던 핸드볼 경기. 공은 그의 귓가를 마치 권총에서 총알이 나오듯 쉼 없이 때리고 지나갔다. 마음 같아서는 바닥에 몸을 던져 숨어버리고 싶었다. 하지만 체육선생이자 지리선생인 카누르케 박사는 이 분마다 "뛰어, 뛰어!" 라고 소리를 질러댔다. 그러므로 작은 프리모는 상대편 팀의 거인 앞에 서서 길을 막으며 무슨 일이 일어날지 기다렸다. 아무 일도 일어나지 않았다. 황소 떼처럼 그들은 작은 프리모를 지나서 앞으로 돌진했고 박사는 계속해서 소리 질렀다. "프리모, 뛰어, 뛰라니까!" 티시만은 왜 이 장면이 어린 시절 회상 가운데 제일로 중요한지 스스로도 알 수 없었다.

이튿날 사무실로 가는 길. 티시만은 그 불가리아 사람 생각이 났다. 다리며 집이며 나무 들을 랩으로 포장하던 남자. 그 남자는 세계적으로 유명하고 아무도 그를 미쳤다고 여기지 않았다. 모니카는 틀림없이 나를 미쳤다고 생각했을 거야. 거의 확실해. 아니카의 경우 그는 정확하게 그걸 알았다. 그가 테이프의 나날을 보내면서부터 그녀는 더 이상 그에게로 오지 않았다. 그녀는 정말 용기가 있구나! 안경을 쓴 그녀의 얼굴은 피카소의 그림에 나오는 여자처럼 비스듬했다. 그리고 그를 사귀기 전에는 그렇게 오랫동안 한 남자 곁에 머무르지도 않았다.

점심시간에 그는 아니카에게 전화를 했다. 처음에 그녀는 그와 통화를 하지 않으려고 했다. 너도 알잖아, 사무실로 전화해서는 안 되는 거. 아니 무슨 일이 있어도 나에게 전화하지 말라는 거. 십오 분 뒤 그들은 유럽에스프레소 카페에 마주앉아서 침묵을 지키고 있었다. 티시만은 허겁지겁 먹고 난 뒤 계산했다. 언제나처럼 그는 그녀가 먹은 것만 계산했다. 나중에 그녀는 그가 먹은 것을 계산하리라. 둘은 언젠가부터 그렇게 하자고 했다. 언제나 그가 돈을 다 내는 것을 아니카는 싫어했다. 그리고 티시만은 각자 먹은 걸 각자가 지불하는 것을 싫어했다.

그 뒤로 둘은 자주 만났다. 서로 이야기는 거의 나누지 않았다. 때때로 티시만은 저녁 늦게 아니카의 집에 전화해서는 전화기를 들고 몇 분이고 침묵했다.

"우린, 더 이상 만날 수 없어." 그 주가 지난 후 티시만이 말했다. 유럽에스프레소 카페에서 침묵한 채 삼십 분가량 앉아 있고 난 뒤였다. 아니카는 고개를 끄덕였다. 피카소 그림에 나오는 여인의 얼굴에 걸린 안경을 벗으니 아니카는 뭉크의 그림에 나오는 절규하는 여자를 닮아 있었다.

"우리 서로 더 많은 이야기를 나누어야 했어. 그렇지?"

우린, 서로 더 많이 접착테이프처럼 붙어야 했어, 라고 티시만은 생각했다. 단 한 번이라도 시도를 했어야 했어. 함께 있는 것이 뭔지를 알기 위해. 그다음 순간 그는 갑자기 벌떡 일어났다. 내가 미쳤나? 마치 자신에게서 도망치듯 그는 카페를 빠져나갔다. 더 치페이 같은 것은 안중에도 없이. 이건 그냥 한 시기에 불과해. 아무 뜻이 없어. 접착테이프는 나에게 안정감을 줄 뿐이란 말이야. 사무실로 돌아와 컴퓨터를 켜면서 그는 그런 생각을 했다. 조금 시간이 지나고 난 뒤 남자화장실의 변기와 휴게실의 재떨이, 엘리베이터 뒤에 있던 비상구 문 역시 접착테이프로 감싸져 있었다. 모두 퇴근을 한 저녁에 티시만은 사장 방에 몰래 들어갔다. 그러고는 그의 책상을 접착테이프로 뚤뚤 말아버렸다. 이 테이프를 떼어내려면 아주 날이 시퍼렇게 선 벽지를 떼어내는 칼이 필요할 것이다.

위대한 비전 프리모 티시만은 세계의 왕이다. 그는 자신의 방법으로 세계 평화, 지혜, 그리고 정의를 실현한다. 멍청이들의 입은 틀어막히고, 악한은 마누라 옆에 묶여 있으며, 전투기는 더 이상 출격하지 못할 것이다. 바닥에 접착테이프로 붙여버릴 테니까. 추한 그림이나 집은 뚫리지 않는 접착테이프 벽 뒤로 숨긴다. 아무 의미 없는 전당대회의 결정이나 주차금지 간판은 갈색 접착테이프로 X 표시를 한다. 아무도 읽어서는 안 되는 책은 티시만 전용의 포장 전담 경찰관들의 간단한 조치를 통해 다시는 펼 수 없게 한다. 나중에, 아주 훗날에 티시만이 테자테이프독일에서 가장 유명한 접착밴드 당파에 의해서 정권을 빼앗기고 망명을 떠나고 난 뒤 사람들은 그가 세계를 다스리던 시절에 대해서 회상을 한다. 정말 파라다이스였어, 그런 시절은 두 번 다시 없을 거야.

"오늘 저녁엔 조금 더 준비가 되었어요?"

모니카가 어느 날 밤, 다시 티시만의 문 앞에 서서 말했다.

"예. 나도 그랬으면 좋겠어요."

"어디?"

"지난번과 같은 곳으로요."

그녀는 돈을 받고 거실로 갔다. 소파에 앉아서 담배를 물었다. 그녀의 이상한 손님은 그동안 모든 창문과 벽을 테이프로 도배해 놓았고 심지어 텔레비전 화면까지 테이프로 도배를 해놓았다. 그것을 보자 그녀는 돈을 탁자 위에 두고 빨리 이곳을 떠나려고 했다.

"제발 잠깐만요." 이번에도 역시 열린 문틈으로 오래 그녀를 지켜보던 티시만이 말했다, "제발, 세계를 저로부터 구해주세요!"

그 다음날, 아주 이른 아침 아니카는 티시만의 집 문 앞에 서 있었다. 초인종을 누를 수 없었다. 접착테이프 때문이었다. 그래서 문을 두들겼다. 그녀는 그가 사무실로 가기 전에 만나고 싶어 했다. 네가 어떻든 그대로 널 받아들일 거야, 라는 말을 하기 위해서였다. 이날 그녀는 모딜리아니 그림에 나오는 소녀처럼 예뻤다. 처음에는 조용히, 수줍게, 그런 다음 크게, 쾅 쾅! 누구도 문을 열지 않았다. 무슨 일이 생긴 게 틀림없어. 뭔가 끔찍한 일이.

경찰을 불러야겠어!

그때 문이 열렸다. 반쯤 어두운 복도의 어둠 속에서 아니카 앞에 갑자기 나타난 그 남자는 마치 막 무덤에서 꺼낸 이집트의 투탕카멘 미라처럼 보였다. 그 미라는 티시만의 목소리로 말했다, "이거야말로 힘이 들어서 원. 미치는 것도 힘든 거야." 그런 다음 그는 덧붙였다, "나, 다시 괜찮아진 것 같아."

초기 인상파들의 기법에 나오는 부드러운 진홍빛 면사포 같은 게 아니카의 뺨을 뒤덮었다. 뒤로 꼬여 있는 다리로 그녀는 미라 쪽으로 윗몸을 굽혀서는 두텁고 갈색이 나는 접착테이프 뒤, 그의 입술이 있을 거라고 짐작이 되는 곳에 입을 맞췄다.

두 이스라엘인의 프라하

체류기

어쩌면 그래, 어쩌면 아니.

그래, 그래. 아니, 아니. 그래, 나는 좋아. 그가 내 뒤에서 무릎을 꿇으면 무엇이 보이는지 솔직하게 말하는걸. 아니, 그건 좋아하지 않아. 그가 내 브래지어를 절대로 벗기지 않는 게 난 좋아. 멍청한 소리, 난 그게 싫어. 난 그보다 약하고 싶어. 아니, 그보다 더 강해지고 싶어. 그런데 이런 느낌은 뭐냐고? 그가 더 깊이 넣어줘, 라고 말하면 아플 것 같기도 하고 더 흥분되는 것 같기도 하는 이 느낌. 아니, 아니, 구역질 나. 그가 내 옆에 있어도 난 혼자지. 없어도 혼자고.

여자는 엉덩이에 올려진 남자의 팔을 치웠다. 조심스럽게, 그리고 일어났다. 그는 계속 잤다. 하지만 그도 틀림없이 곧 일어날 것이다. 그녀는 화장실로 갔다. 그리고 욕조에 몸을 담갔다. 손을 씻었다. 오른쪽 집게손가락을 솔로 박박 문질러 깨끗이 닦았다. 손을 말리고 난 뒤 손톱을 깎고 손을 다시 씻었다. 손가락도 꼼꼼히 다시 씻었다. 그리고 거실로 가서 소파에 앉아 궁리를 했다. 이젠 뭘 할까? 모르겠는걸. 옷을 입기도, 침대로 가서 그의 옆에 다시 눕기도 싫었다.

그래, 그래. 아니, 아니. 때때로 몇 시간이 걸렸다. 그들은 사랑을 나누고 쉬었으며 부엌에 앉아 물을 마시며 담배를 피우기도 했다. 다시 누워 텔레비전을 잠시 보기도 했고 이야기를 나누었으며 다시 사랑을 했다. 그녀가 더 이상 할 수가 없을 때 그들은 그만두었다. 여자는 남자에게 말했다. 아, 이제 됐어, 그만해. 그런 다음 잠시 별 열정도 없이 이야기를 나누었다. 그다음, 정열은 다시 불붙었다.

"말리?"

"응?"

"뭐 해?"

"나, 여기 있어."

그녀는 남자가 침대에서 나와 화장실로 가는 소리를 들었다. 그는 맨발로 바닥을 끌며 지나갔다. 시끄럽게 변기뚜껑을 여는 소리가 들려왔다. 욕조로 가서 샤워기를 트는 소리. 물이 욕조 가장자리를 두들겼다. 수도관으로 물이 올라오는 소리도 들렸다. 언제나 저 남자가 이 집 안에 있었던 것 같은 익숙한 소리. 이제 저 소음에도 익숙해질 수 있을 거야. 아니, 그럴 리 없어.

그녀는 소파에 있던 파란 담요를 끌어올려 몸에 감고는 오디오 앞에 꿇어앉았다. 좀 빠른 음악으로, 내 머릿속 생각을 뒤죽박죽으로 만들어버릴 만큼 빠른 음악. 그녀는 시디 무더기에서 이 시디 저 시디를 끄집어내어 보고는 다른 무더기 위에 올려놓았다. 그러다 시디를 전부 밀쳐놓았다.

그가 샤워기를 잠갔다. 조용히 흥얼거리는 노랫소리가 들려왔다. 대부분 그는 이스라엘 노래를 불렀다. 그런 다음 금방 거실로 와서는 그녀 앞에 서서 몸을 말릴 것이다. 셋, 둘, 하나….

욕실 문이 열리고 발소리가 빠르게 가까워지고 있었다. 바닥이 가볍게 떨렸다.

"말리, 뭐 해?"

"나, 시디 찾아."

"내가 가기 전에 우리 담배 한 대씩 필까?"

"그래."

그는 뒤에서 그녀 위로 몸을 굽히며 귀에다 키스를 하려고 했다. 그가 키스를 못하게 된 이유는 둘 다에게 있었다. 그녀는 뒤로 몸을 뺐고 그는 과감히 키스를 시도하지 못했다. 그녀의 벗은 어깨 위에 그의 머리칼에 있던 물방울이 떨어졌다. 그는 얼른 닦아내었다. 그녀는 남자에게 몸을 기댔다. 남자는 여자를 꽉 안았다. 갑자기 그녀는 그가 가지 말았으면 하는 생각이 들었다.

"오늘 여기서 자도 돼."

"말리, 무슨 일 있어? 왜 그래?"

"네가 모드라니까지 가면 벌써 환해져."

"난 그걸 좋아해."

"그럼 당신 맘대로 해."

그녀는 또 한 번 그에게 안겨 손을 잡고 입맞춤을 했다. 손가락 마다마다에. 손가락에서는 비누와 물 냄새가 났다. 그녀는 자신의 집게손가락을 생각했다. 내 손가락에서도 이런 좋은 냄새가 났으면.

"말리, 차 좀 끓여줄래?"

"이렇게 늦은데?"

"그래. 옷 입을게."

남자는 그녀를 놓아주고는 한동안 그녀 뒤에 서서 몸을 말렸다. 몸을 다 말리고 그는 맨발로 침실로 갔다. 뭔가 또 흥얼거렸다.

시디 무더기 하나가 더 있었다. 그 무더기에 쌓인 시디를 그녀는 몇 년 동안 들은 적이 없었다. 그녀는 시디를 하나하나 천천히 살피기 시작했다. 시디 케이스마다 눈을 주었다. 맨 밑에서, 그녀가 이스라엘에서 가져온 오래된 시디가 나왔다.

"아릭 아인슈타인1939년에 태어난 이스라엘 가수 걸로 틀어줘." 그가 침실에서 말했다.

난 아릭 아인슈타인이 싫어. 아니, 싫어하지 않아. 아냐. 당연히 그 가수가 싫지. 그녀의 어머니는 언제나 그 가수의 멍청한 〈아추 라추〉라는 노래를 들었다. 그녀에게 새 남자친구가 생기면 말이다. 그러지 않았다면 지금, 아릭 아인슈타인을 듣는 것은 그녀에게 아무 문제가 아닐 것이다. 아니, 지금도 문제가 있다. 그 얼토당토않은 히피음악이라니.

"당신 예후다 폴리커 좋아해?" 그녀가 나직이 물었다.

"뭐라고? 무슨 소린지 모르겠어."

"예후다 폴리커 틀까?" 그녀는 다시 나직이 물었다.

"뭐라고 했어? 못 들었어. 응, 그래, 그래. 좋았어. 그래, 그래. 당신과 함께 보낸 시간 좋았어. 당신이 원하면 여기서 잘게."

"폴란드 시디, 예후다 폴리커 알아?" 그녀는 목소리를 높였다. "시디 케이스에 기차와 함께 서 있던 여자."

"아…. 그래."

"틀까?"

그는 대답하지 않았다.

"그럼 튼다." 그녀는 다시 나직이 말했다.

갑자기 그가 그녀 뒤에 서 있었다. 그가 오는 소리를 그녀는 듣지 못했다.

"〈Kol isreal chawerim '모든 이스라엘의 친구'라는 뜻〉, 맞지, 말리?"

그녀는 그에게로 몸을 돌리며 웃었다. 그도 웃었다. 그는 그리 키가 크지는 않았다. 머리칼은 붉고 목에는 여드름이 나 있었다. 그녀는 그의 뒤로 문이 닫히고 다시 이 프라하에서 혼자가 되는 순간을 겁냈다.

이미 그는 옷을 다 입고는 입술 사이에 담배를 물고 있었다.

"라이터 어디 있어?"

"부엌에."

"부엌 어디?"

"곧 갈게."

하지만 그녀는 푸른 담요를 친친 감고 여전히 오디오 앞에 꿇어앉아 예후다의 시디를 손에 들고 있었다. 아니, 이건 음악이 아냐. 다른 사람들 생각을 뒤죽박죽으로 만들어버린다니까. 지루하고 진지했으며 동양적이었다. 톤마다 가슴을 찌르는 무언가가 있었다.

그래, 그래. 아니, 아니. 나, 잘 지내. 아니, 그렇게 좋은 상태는 아니지. 난 지금 예후다의 음악을 들을 거야. 아니, 듣고 싶지 않아. 이번에도 좋았잖아, 둘이 잔 거. 오 마이 갓. 구역질이 나려고 하네!

그녀는 시디 케이스를 들여다보았다. 지나가는 기차, 그 앞 기차 차단기 위에 걸터앉은 소년. 천천히 케이스를 열어 시디를 꺼냈다. 그녀는 노래 제목을 읽었다. '라디오 라말라, 사랑은 죽음,

바람 속의 꽃.' 구역질은 더 심해졌다. 시디를 뒤집자 수천 개의 거의 보이지 않는 홈이 작은 무지개처럼 어른거렸다.

"말리, 그 빌어먹을 라이터가 어디 있느냐니까?"

"오른쪽 서랍에."

"벌써 찾아봤어."

"싱크대 위, 재떨이 있는 곳에."

"없어."

"그럼 나도 모르겠어."

"차 마실래?"

"벌써 마셨잖아, 아닌가?"

"그리 자주는 아니었잖아, 'Chamuda' 나 듣자."

그녀는 미소를 지었다. 그녀는 시디를 오디오에 넣었다. 하지만 몇 소절 흐르더니 음악은 저절로 꺼져버렸다. 그녀는 다시 시디를 꺼냈다. 작은 무지개 위에 자국이 있었다. 아마도 없앨 수 있지 않을까? 아마 없앨 수 없을 거야. 혀로 집게손가락에 침을 묻히다가 거의 토할 뻔했다. 손가락에서 나는 냄새는 물 냄새와 비누 냄새가 아니었다. 아직도 그의 똥구멍 냄새가 났다.

"라이터 찾았어."

"빨리 피워, 제발, 제발, 빨리 피우라니까!"

"뭐라고?"

"아니, 아무 말도 안 했어."

그녀는 스타트를 눌렀다. 시디가 아무 이상 없이 돌아갔다. 그녀는 파란 담요에 싸인 채 스피커 앞에 끓어앉아 덜덜 떨면서 바랐다. 저놈이 다시 날 만지지 않기를, 내 눈을 들여다보지 말기를, 다시는 나와 이야기하지 말기를. 얼마나 좋았던가. 아침에 혼자 눈을 떠, 점심시간이면 혼자 슬라비아에 앉아 있다가, 저녁에는 혼자 걸어서 대사관을 지나 네루도바를 지나 집으로 돌아오는 게.

그녀는 일어서서 부엌으로 가서는 차를 끓였다. 그와 함께 차를 마시고 담배를 피우면서 곰곰 생각했다. 내일 출근할 때 무슨 옷을 입을까? 헤어지면서 그녀는 남자의 뺨에 입을 맞추었다. 그가 나가자마자 문을 잠갔다. 그가 서둘러 계단을 내려가는 소리, 현관문이 닫히는 소리, 그리고 잠기는 소리. 그녀는 욕실로 가서 또 한 번 손을 깨끗이 씻었다.

• • •

DAVID

바그다드,
일곱시 반

그들은 오늘 첫 손님이었다.

다섯시가 조금 지나서 한 남자와 젊은 여자가 말없이 들어와서는 바에 앉았다. 남자는 맥주를 주문했고 여자는 차 한 잔을 원했으나 여기서는 차를 팔지 않는다고 하자 그레이프프루트 주스 한 잔을 주문했다. 남자는 아주 빨리 맥주잔을 비우고 난 뒤 검은 머리의 종업원에게 한 잔을 더 청하고는 바 위에 있는 텔레비전을 올려다보았다. 소리는 꺼져 있었다. 한동안 소리 없이 텔레비전을 보던 남자가 싫증이 났는지 여자에게로 몸을 돌렸다.

젊은 여자는 조용히 앉아 활짝 열린 문 너머로 보이는 막시밀리안 거리를 응시했다. 더위가 어지간한데도 여자는 트렌치코트를 걸치고 있었다. 그 안에는 타이트한 검은 상의와 회색 치마를 입었다. 그녀의 다리는 길고 예뻤다. 그래서 여자는 줄곧 다리를 꼬고 있었는지도 모른다. 그녀는 발레 무용수가 아니었지만 발레 무용수 같은 희멀겋고 곁늙어 보이는 얼굴을 가지고 있었다. 초처럼 꼿꼿이 당당하게 앉아 있는 그녀를 보면 진짜 발레 무용수로 여겨야 하지 않을까 싶을 정도였다.

여자의 눈길이 자신을 향하기를 남자는 기다렸다. 하지만 그녀는 남자에게 눈길을 주지 않았다. 검은 머리의 종업원이 여자를 관찰하고 있다는 것을 남자는 알고 있었다. 틀림없이 놈은 여자에 비해 내가 뚱뚱하고 늙었다고 생각할 거야. 남자는 맥주 한 잔을 더 주문하고는 텔레비전으로 다시 눈을 돌렸다.

"어쩜 그렇게 끊임없이 텔레비전을 볼 수가 있어?" 피곤한 음성으로 여자가 말했다.

"나도 몰라. 보다가, 에이 그만 보자, 그러다가도 다시 보면서 모든 게 다 지나갔기를 바라는 거 아니겠어."

남자는 아들 프레더릭을 생각했고 여자 또한 자기만큼이나 나이가 많은 남자의 아들을 생각했다. 하지만 그들은 아무 말도 하지 않았다. 그 순간 둘에게는 전혀 다른 문제가 있었기 때문이었다. 남자는 이런 생각을 하고 있었다. 아직 프레더릭은 미국에 있을까? 다음 주에나 부대가 쿠웨이트로 이동한다는데, 아마도 그때쯤이면 모든 것이 다 끝나서 프레더릭이 집에 머무를 수 있을지도 모르지. 그때 마르샤와 이혼할 때 제 어미에게 애를 맡기지 않는 건데. 그랬으면 지금 그 애는 미국인이 아닌 독일인일 거고.

그녀도 다른 생각에 빠져 있었다. 그때 그 빌어먹을 약 먹기를 시작하지 않았더라면. 저 사람 때문에 약을 먹기 시작했지. 이젠 더 이상 매일매일 자살할 생각이 없다고. 꼭 살고 싶다는 생각도 아직은 없지만 말이야.

남자가 입을 열었다.

"때때로 이거 웃긴다, 싶을 때가 있어. 보라고. 같은 탱크가 두 번이나 사막을 달리다니. 한 번은 왼쪽에서 오른쪽으로, 한 번은 오른쪽에서 왼쪽으로. 같은 그림인 거야, 거꾸로 돌려놓았을 뿐 아니겠어."

"방송사에 따라서 달라지는 거 같은데요." 검은 머리의 종업원이 참견을 하기 시작했다.

"그렇지. 방송사에 따라서 달라지겠지."

"CNN을 보면요, 꼭 오른쪽에서 왼쪽으로 달린다니까요, 그러니까 항상 서쪽으로 가는 거죠."

"그렇지, 바그다드를 향해서."

"우리 방송사에 나오는 탱크는 언제나 동쪽을 향해 달리구요."

"으음, 언제나가 아니라, 거의 언제나겠지."

"맥주 한 잔 더 하시겠습니까?"

그는 여자 쪽으로 몸을 기울이며 뭐 더 마시겠느냐고 물었다.

그녀는 거의 보이지 않을 정도로 고개를 가로저었다.

"난 한 잔 더 할 테야. 그리고 혼자 좀 조용히 놀게 두시오." 그는 종업원에게 말했다. 종업원은 맥주를 따라서는 얼굴표정 한 번 바꾸지 않고 맥주잔을 그의 앞으로 가져다주었다. 맥주 몇 방울이 검고 반질반질한 바 위에 떨어졌다. 종업원은 수건으로 물기를 닦아내고는 돌아서서 맥주잔 광내는 일을 하기 시작했다.

"당신, 참 끔찍한 사람이야." 여자가 말했다.

"미안해. 지금 당장 저 사람에게 의견을 물어볼게. 누가 알아, 우리가 이 진흙탕 속에서 벗어나는 방법을 저 사람이 알고 있을지."

"나, 약 중독에서 벗어날 수도 있을 것 같아." 여자가 딴소리를 했다.

"그러지 마, 네가 그렇게 슬프면 나도 견디기가 힘들어."

"내가 당신이랑 잠자기를 거절하면 그런 날 더 견디기 힘들어하잖아, 당신."

"어쩌면 그런 걸 위한 약이 있을지도 모르지."

그는 여자의 뺨을 어루만졌다. 하지만 여자는 그의 어깨너머에 있는 열린 문을 통해서 막시밀리안 거리만을 바라볼 뿐이었다. 그는 여자의 머리칼을 얼굴에서 떼어내어 예쁘고 큰 귀 뒤로 넘겨주었다. 하지만 여전히 여자는 그를 쳐다보지 않았다. 쾌청한 바람이 바 안으로 불어왔다.

"내가 너 사랑한다는 거 알지?" 남자가 여자에게 물었다.

"얼마나 사랑하는데?"

"정말로 사랑해."

"당신 자신보다 날 더 사랑한단 말이야?"

"그래. 그렇다고 믿어."

"그럼, 해도 그만, 안 해도 그만이잖아."

"아니지."

"왜 아냐?"

"왜냐고? 그게 날 불행하게 만드니까, 그리고 당신도."

"나에겐 우리가 섹스를 하든지 말든지 아무 상관없어. 그게 우리 문제야."

"약 때문인 것만은 아니지?"

"약 때문이야. 당신도 알잖아. 의사가 그랬어. 모든 약에는 부작용이 있다고. 이것에는 이런 부작용, 저것에는 저런 부작용. 부작용이 없는 약은 패자 없는 전쟁과 같다고 그러더라."

"그런 말을 의사가 했단 말이야?"

"그래."

"웃기는 의사도 다 있네. 그렇지 않아?"

"더 나은 의사를 찾아줘."

"그 의사가 바로 더 나은 의사야."

그녀는 미소를 지으며 그를 잠깐 쳐다보다가 다시 바깥을 바라보았다. 햇빛이 비스듬히 바 안으로 들어왔다. 마치 수천 개의 유리입자를 가진 커튼처럼 보였다. 그 너머로 몇몇 손님들이 실용적인 플라스틱 탁자가 놓인 테라스에 앉아 있었다. 그 너머 너머로 자동차와 전차가 막시밀리안 거리를 지나가고 있는 것을 그녀는 보았다. 모든 것이 희미한 먼지 안에 잠겨 있는 것 같았다. 햇빛가리개 커튼 때문에 그렇게 보이는지 아니면 약 때문인지 여자는 자문했다.

"그래. 어떻게 진행되고 있어?" 남자는 바 쪽으로 몸을 돌리며 종업원에게 물었다.

검은 머리의 자그만 종업원은 그들에게 여전히 등을 돌린 채 제자리에 서서 바둑무늬 수건으로 맥주잔의 광을 내며 텔레비전을 쳐다보았다. "무승부예요." 그는 꿈적도 않고 대답했다.

"전반전이야, 아님 후반전?"

"아마도 후반전 초반인 것 같네요. 미국 팀 감독이 휴식시간 때 성이 잔뜩 났어요. 지금 압박을 가하고 있네요."

"이라크인들은?"

"자기 페널티 에어리어로 물러갔어요. 미국 사람들한테는 어려운 경기 같네요."

화면에는 텅 빈 이라크 진영과 총탄으로 벌집이 된 집들, 맨손으로 모래밭 속에 숨겨진 지뢰를 찾는, 수염을 자르지 않은 피곤한 아랍 남자들이 보였다. 그다음 화면에는 아이들에게는 걸맞지 않게 큰 병원침대에 누워 울고 있는 아이들이 나타났고 그다음에는 푸르고도 독이 잔뜩 든 빛 속에 잠긴 저녁 무렵의 바그다드가 화면에 떠올랐다. 그다음 화면은 포로로 잡힌 미국 병사들이 나왔다. 그 가운데 한 명이 프레더릭이었다.

아니, 프레더릭은 아니었다. 하지만 그 병사는 프레더릭과 너무나 많이 닮았다.

"텔레비전에 나오는 한 아직 안전하다고 봐야겠지요." 종업원이 말했다.

"맞네." 남자가 말했다.

"프레더릭이라고?" 여자가 남자에게 기대면서 함께 텔레비전을 올려다보았다.

"아니, 다행히 아니야."

"그렇겠지." 여자는 피곤한 목소리로 말했다. 그녀는 남자의 손을 쓰다듬었다. 그는 어둡고도 광택이 나는 바를 꼭 잡고 있었다. 손을 떼자 바는 남자의 땀으로 젖어 있었다.

이 무슨 가당치도 않은 수작인가, 저 여자는 언제나 내 아들을 질투한다니까, 남자는 생각했다.

진짜 우리 사이는 끝이 났어. 이제 나를 더 이상 믿지 않는다니까, 이건 여자의 생각이었다.

"맥주 한 잔 더, 그리고 계산서도." 남자는 빈 잔을 바 위에 올려놓고 종업원에게서 새 잔을 빼앗듯이 집었다. 잔의 바깥에는 성에가 끼어 있어 갈증이 더 빨리 밀려오는 것 같았다. 그는 벌컥벌컥 단숨에 잔을 비워버렸다. 잔이 비자 조심스레 잔을 바 위에 올려놓았다. 그리고 그 옆에 이십 유로짜리 지폐를 꺼내놓고는 말없이 뚫어지게 바라보고만 있었다.

"오늘 우리 다시 한 번 시도해봐." 여자가 말했다. "제발, 한 번만 더 시도해보자고."

"뭘?" 남자는 계속해서 밝은 갈색이 나는 지폐를 뚫어지게 바라보고만 있었다. 지폐는 맞바람을 맞아 파르르 떨렸다.

"내 생각으로는 오늘은 될 것 같아. 확실해, 오늘은 될 것 같다고."

"그래?"

"응. 오늘 정말 그럴 기분이 나. 이런 기분, 아주 오랜만이야."

그녀는 남자에게 몸을 밀어붙이며 손으로는 그의 재킷 밑을 헤치기 시작했다. 약을 올리듯 아주 천천히 가슴과 배를 지나갔다. 상체에 땀으로 흠뻑 젖은 셔츠가 끈적거리며 들어붙는 것조차 여자에게는 아무 문제가 아닌 듯했다. 하지만 그는 아니었다. 그는 여자에게서 약간 비켜나서는 지폐를 들고 계산해달라고 종업원에게 말했다.

종업원은 그의 말을 듣지 못했다. 그는 어둡고 반질반질한 바 저편, 그들의 바로 건너편에 서서 앞만 바라보며 잔에 광택 내는 일을 계속하고 있었다. 여기서 일하는 종업원들은 자주 말소리를 듣지 못했다. 어떤 손님들은 그래서 더 이상 오지 않았고 어떤 손님들은 바로 그 이유 때문에 다시 찾아왔다. 남자가 이 바를 찾아오는 이유는 바가 그의 사무실과 같은 건물에 있고 여자가 종종 오후를 이 막시밀리안 거리에서 죽이고 있기 때문이었다.

"그래, 아니라면 하는 수 없지."

"계산!"

종업원은 마지막 잔을 선반에 올리고는 계산대로 몸을 돌렸다. 마침 다른 종업원이 계산기를 사용하고 있었으므로 그는 기다려야 했다. 기다리면서 그는 그들 쪽으로 몸을 돌려 잠시 둘을 바라보았다. 그런 다음 다른 종업원에게 말했다.

"오늘, 저 남자 성공할 거야. 여자를 얻을 거라고." 다른 종업원이 히죽거렸다. 하지만 검은 머리의 조그만 종업원은 히죽거리지 않고 계산서를 만들어서는 그들 앞으로 놓았다.

여자는 의자에서 일어나 문 쪽으로 몇 발짝 떼었다. 그러고는 문 앞에서 멈추어 섰다. 그녀의 꼿꼿하고도 날씬한 몸매는 마치 햇빛가리개 커튼 그림자의 갈라진 틈처럼 도드라져 보였다.

그는 아직도 바에 앉아 텔레비전을 응시하고 있었다. 하지만 무얼 보고 있는지 그 스스로도 알지 못했다. 그때 조지타운에 있는 마르샤 곁에 머물걸, 가끔 그녀를 속이기도 하면서, 그녀도 나를 속이면서. 하지만 우리는 행복했을 거야. 그랬더라면 프레더릭은 지금 군인이 아닐 거고. 내가 뒤를 다 봐주었을 텐데.

늙은 데다 저렇게 느린 남자를 내가 사랑하다니, 라고 여자는 그 순간 생각했다.

그는 계속해서 텔레비전을 응시했다. 검은 머리칼의 조그만 종업원이 깨금발로 텔레비전을 껐다.

"저, 여자 분이 기다리시는데요."

"알아, 날 기다리는 거."

그는 바 의자에서 일어나다가 조용히 숨을 몰아쉬면서 누구도 이 가쁜 숨소리를 듣지 않았으면 했다.

"자." 여자 옆에 서서 남자가 말했다. 그는 손을 여자의 어깨에 올렸다. 그녀는 재빨리 반응을 보였다. 그리고 마치 원거리조정을 당하는 것처럼 걷기 시작했다.

"이제, 우리 뭘 하지?"

"당신이 원하는 거."

그는 미소를 지었고 둘은 햇빛가리개 커튼 뒤로 사라졌고 키가 작고 검은 머리칼을 가진 종업원은 바 위에 몸을 구부리며 저녁의 첫 모이토 칵테일에 쓸 라임 조각을 자르기 시작했다.

샤이히 야신과 함께 침대에

십 년 전 어느 아름답고 따뜻한 봄날, 텔아비브의 한 호텔방에 어린 신부가 혼자 앉아 있었다. 신부는 예쁜 새 속옷차림으로 욕실 바닥에 앉아 욕실 문에 걸린 웨딩드레스를 뚫어지게 바라보았다. 그러더니 벌떡 일어나 옷걸이에서 웨딩드레스를 떼어내서는 빨래통에 집어넣었다. 다음 차례는 멋진 웨딩슈즈였다. 신부는 구두를 들고 발코니로 가 밖으로 던져 버렸다. 신부는 그 구두를 좋아했다. 할머니와 함께 프랑크푸르트에 있는 헨리에서 샀다. 하지만 지금, 신발은 팔층에서 떨어져 한 짝은 수영장에, 다른 한 짝은 수영장 옆에 있는 돌로 포장된

바닥에 떨어졌다. 희고 두툼한 굽은 떨어져나가서 지나가던 작은 금발 소년의 머리에 부딪히고는 다시 수영장에 빠져버렸다.

신부는 발코니에 서서 아래를 내려다보았다. 다행스럽게도 다른 사람들은 그녀가 무엇을 했는지 전혀 눈치 채지 못했고 때마침 위를 올려다본 사람도 없었다. 그녀는 다시 들어와서 침대에 앉더니 스르르 모로 까부라졌다. 가벼운 봄바람은 그녀의 목과 등을 쓰다듬어주었고 신부는 곧 잠이 들었다. 누군가 노크를 해서 깨어났을 때 그녀는 이미 반평생을 꿈으로 탕진한 다음이었다. 노크라기보다는 문을 긁어대는 소리, 그리고 쉰 듯한 남자 목소리가 들려왔다. "나, 아래로 내려갈게, 에스터." 그러더니 목소리는 한층 더 나직하게 물어왔다. "너, 행복하니?"

"응. 아주 행복해."

그녀는 눈을 뜨고는 왼쪽 눈 바로 앞의 구겨진 베갯잇 귀퉁이를 응시하면서 저 밖에 있던 남자를 생각했다. 그는 키가 크고 손가락이 길고 가늘며 표정이 늘 진지했다. 믿음직한 얼굴, 하지만 신부는 그가 의사라서 그 얼굴에 믿음을 보낸 건지도 모른다. 신부는 더는 그를 믿지 않는다. 지금 그녀는 모든 것을 알고 있다. 그의 쿠바 여행(그와 그의 친구들이 '이별여행'이라고 불렀던)과, 외국인들에게 집을 빌려준다는, 이름이 안나 가브리엘라인가 안나 마리아인가 뭔가 하는 산타클라라 출신의 젊은 영문과 여교수, 그리고 둘이 섹스를 하다 일어난 우스꽝스런 사고, 죽음에 대한 그의 유치한 공포까지. 그 멍청한 놈은 그 사실을 하필이면 우리 어머니에게 알렸고, 어머니는 그녀만 빼고 다른 모든 사람에게 그 내용을 발설했다. 그러고는 프랑크푸르트와 텔아비브에 있는 모든 사람들이 다 알고 난 뒤 어제서야 그녀에게 털어놓았다. 아래층에 있는 레오 립만 홀에서 키두시금요일 밤 유대교 의식(샤바트)이 끝나고 난 뒤 포도주를 마시며 찬송을 하는 의식가 끝나고 난 뒤였다. "얘야, 다른 사람이 네게 알려주기 전에 내가 먼저 얘기를 해야겠구나. 하지만 걱정할 건 없다. 걱정은 이 엄마가 할 테니까." 그렇게 운을 떼고는 쿠바와 안나 가브리엘라인가 안나 마리아인가 뭔가 하는 그 여자와 구멍 난 쿠바 산 콘돔, 그리고 죽음에 대한 다비드의 유치한 공포 등을 늘어놓았다. 그러고는 이렇게 말했다. "다비드는 널 사랑한단다. 정말 미안해하고. 너희들이 결혼을 하지 않는다고 달라지는 건 없단다. 불쌍한 다비드, 몇 주 동안 겁에 질려서는 전전긍긍하는 모습이라니."

불쌍한 다비드. 때때로 그녀는 어머니가 자신보다 다비드를 더 좋아한다는 느낌을 받곤 했다. 그건 사실이었다. 다비드는 그녀의 어머니가 찾아낸 사람이었고 그녀는 어머니가 뜻하지 않게 낳은 아이이니까. 그래서 어머니는 딸에게 이렇게 말했다. "에스터야, 처음 몇 초 동안에는 진짜로 아무 일도 일어나지 않는단다. 다비드는 콘돔에 구멍이 난 걸 금방 알아차렸기도 했고." 그래, 그렇다고 하더라도 나는 뭐란 말인가? 몇 주 전부터 다비드는 나와 잠자리를 같이했지. 그는 잠자리에서 매번 나를 거의 죽일 뻔하지 않았냐고. 그래, 매번 함께 있을 때마다 날 죽인 거나 다름없는 거지. 멍청한 놈, 지가 하는 짓이 뭔지는 알아야 할 거 아니냐 말이다. 그리고 저 엄마란 사람하고는.

"얘야. 엄마는 잠시 할머니 방에 다시 가봐야 해. 좀 쉬렴. 제일 예쁜 신부가 되어야지!"

그녀는 베개에서 머리를 들어 올려 예, 엄마, 라고 대답하고는 다시 머리를 베개로 묻었다.

왜 엄마는 이런 일을 당하지 않을까, 하고 그녀는 생각했다. 샤론이나 샤이히 야신팔레스타인의 이슬람 과격단체인 하마스의 설립자 같은 사람도. 그녀는 야신을 다른 누구보다 미워했다. 작고 힘없는 몸, 언제나 천을 두른 길고 여성스런 머리, 높은 가성으로 얼간이 같은 자신과는 전혀 다른 남자들에게 살인을 명령하던 사람. 유대인이 없었다면 그는 건강한 아랍인들에 대항했으리라.

자신과 샤이히 야신은 괜찮은 커플일 거라고 그녀는 생각했다. 죽을 만큼 아픈 그와 그녀. 그녀는 그런 생각을 하는 자신이 기이하게 느껴졌다. 그것도 이런 때 말이다. 하지만 사람은 별의별 생각을 다 한다. 이런 의미 없는 것까지 생각하는 게 사람인 법이다. 말하는 지렁이, 붉은 대양, 먹을 수 있는 전화기 따위도 생각해낼 수 있다. 그리고 지금 그녀는 샤이히 야신과 한 침대에 누워 있다면 어떨까를 생각하고 있는 것이다. 그때도 그는 머리에 수건을 두르고 있을까, 그곳도 다른 몸의 부위처럼 작고 힘이 없을까. 그때 누군가가 또다시 문을 두드렸다. 그녀는 대답을 하지 않았고 문을 두드린 사람은 말없이 가버렸다.

신이여, 저는 어떻게 해야 합니까? 저는 아무 실수도 하지 않았답니다. 실수를 한 건 그 사람이에요. 그런데 지금 그가 아래에서 저를 기다리고 있어요. 다른 사람들도요. 저는 여기에 하릴없이 누워서 샤이히 야신을 꿈꾸고 있고요. 아래로 내려가야 할까요? 아니면 조금 더 누워 있어야 할까요? 조금만 더 여기 누워 있게 해주세요. 다시는 샤이히를 생각하지 않겠습니다. 무의미한 다른 모든 것들도. 맹세합니다. 다비드와 나, 우리의 인생, 그리고 우리가 갖게 될 가족에 대해서만 생각할게요. 그러니 저를 여기에 조금만 더 누워 있게 해주세요. 몇 분 만이라도, 아니 삼십 분만 더.

적당한 날들

나는 말했다.

"제발, 마지막으로 한 번만."

아인슈타인 카페. 관광객으로 붐비는 카페 앞쪽에 우리는 앉았다. 다른 때라면 앉지 않는 자리였다. 십이분 후 나는 내가 일하고 있는 자선병원으로 다시 가야만 했다.

"안 돼. 정말 그러지 마."

"진짜 안 돼? 왜 안 되는데?"

"넌 돌았어. 넌 내가 알고 있는 인간 가운데 최고로 멍청한 인간이야."

그녀는 웃으면서 말했다. 우리는 웃을 일이 없을 때조차 자주 웃었다. 그건 참 좋은 징조라고 나는 생각했다. 어쩌면 그래서 그녀는 나를 두고 떠나기가 그렇게 힘들었는지 모른다.

그녀는 고개를 가로저었다.

“아니, 정말 그러고 싶단 말이야? 어떻게 그럴 수 있지?”

그렇게 말하는 그녀는 강단이 있고 걱정이 없으며 매우 이스라엘적으로 보였다.

“내가 왜 그러는지 난들 알겠니.”

“하지만 이제 다 끝났어, 미샤.” 그녀의 목소리는 조금 호의적으로 변했다.

“그러니까 하는 말이야.”

그때 나는 꼭 하고 싶은 건 아니었다. 하지만 내가 무엇을 할 수 있겠는가? 모든 시도를 다 해보았다. 그리고 이제 그것 말고는 아무 아이디어가 없었다. 그 아이디어는 병원에서 나왔다. 며칠 전, 상담시간이 끝난 뒤. 내 마지막 환자는 사미라였다. 그녀의 상태는 아주 양호했고 심지어 딸까지 데리고 왔다. 딸아이도 잘 지내고 있었다. 어머니인 사미라가 아이 아버지를 이 세상 어느 누구보다 미워하는데도 말이다. 그런 생각이 들자, 아, 저렇게 관계가 유지되기도 하는구나, 하는 생각이 들었다.

사미라가 가고 난 후 나는 오랫동안 그대로 앉아 있었다. 이 상담실이 정말 마음에 들지 않았다. 내가 이곳에서 일하기 전에 만들어진 곳이었다. 이 상담실을 만든 사람들은 여자들이 이런 분위기를 좋아한다고 진짜로 믿었는지도 모른다. 노란색과 분홍색의 작은 별이 박힌 짙은 파란색 양탄자, 마크 로스코의 복제화 같기도 하고, 속에서 광채가 나는 수정 같은 플라스틱 제품 같은 것들 말이다. 나는 책상에 앉아 손을 비비며 계획을 구상했다. 그렇게 관계를 유지할 수도 있는 거라고, 다시 그 생각을 했다. 적당한 날들을 잡으면 말이다. 반드시 적당한 날, 안성맞춤인 날이어야만 해. 나는 일어나서 창문을 열었다. 바깥 정원에서 환자들이 햇볕을 쬐며 산책을 하고 있었다. 올해 들어 처음으로 겨울외투를 걸치지 않고도 산책할 수 있는 날이었다.

나는 셸리의 손등에 내 손을 올렸다. 그녀는 손을 빼지 않았다. 하지만 손가락은 차가웠다. 그녀의 손가락이 차가웠던 적은 없었다. 종업원이 와서 친절하게 뭐 더 필요한 게 없는지 물었다. 그녀의 말투에는 폴란드 억양이 묻어 있었다. 확실했다. 셸리는 더 필요한 게 없다고 했고 나도 그랬다. 그래도 커피 한 잔을 더 시켰다.

"들어가봐야 되잖아."

나는 커피를 취소했다.

"오늘밤 일곱시까지 진료실에 있어야 해. 끝나고 너희 집으로 갈게. 우리 한 번만 하자. 그러면 곧바로 꺼져줄 테니까."

"넌 미쳤어. 완전히 돌았어."

"진정해라. 그러지 좀 마."

"그만두지 못해!"

"정말 하고 싶지 않아? 왜 하고 싶지 않은데?"

나는 그녀의 손등을 눌렀다. 손은 더 이상 차지 않았다. 셸리는 내 손가락 사이에다 그녀의 손가락을 끼웠다. 우리의 손마디가 서로 부딪혔다. 제법 아팠다.

"귀여운 셸리." 나는 상냥하게 말했다.

그리고 탁자 위로 몸을 굽혀 사람들이 보고 있는 가운데 셸리의 입에 키스를 했다. 지금까지 그녀는 내가 키스를 하면 입을 다물고만 있었다. 지금도. 그런데 내가 끝내려고 하자 갑자기 반응을 보이며 키스를 퍼부었다. 그러더니 고개를 홱 돌리고 아래를 내려다보았다.

"어떻게 할 건데?" 언제나처럼 나를 쳐다보지 않은 채 그녀가 물었다.

"뭘 어떻게 해?"

"그걸 어떤 식으로 할 거냐고."

나는 곰곰 궁리를 하다가 천천히 말했다. "당신이 벽 쪽에서?"

"그래. 내가 벽 쪽에서."

"길게?"

"그래, 길게."

"그런 다음 당신이 내 위에서?"

"응. 내가 당신 위에서."

"얼굴을 내 쪽으로 하고?"

"처음에는 그렇게 하고, 나중에는 아니."

"그런 다음 포옹을 하겠지?"

"응. 포옹을 할 거야."

"꽉?"

"꽉."

"그런 다음…."

"그다음…." 그녀가 드디어 나를 쳐다보았다. 웃었다. "그다음은 네가 조심해야지, 알잖아."

"그렇지. 그럼, 알고말고." 거짓말이었다.

사미라는 플리트비츠에 있는 그녀가 다니던 학교 체육관에 거의 두 달 가까이 갇혀 있었다. 가진 거라곤 침대매트 하나에 달랑 담요 한 장, 학교 도서관에서 가지고 온 책 몇 권이 전부였다. 식사는 하루 한 번, 그조차 매일 시간이 달랐다. 대개 빵조각과 토마토 그리고 마른 비스킷 정도가 나왔다. 체육관에 갇혀 있던 여자들과 소녀들은 매번 새로운 남자들에게 끌려 나갔다. 종종 둘이나 셋, 민병대원들은 한꺼번에 그녀들에게 덤벼들었다. 사미라에게 관심을 둔 남자는 첼코 혼자뿐이었다. 예전 동급생이었고 사미라 반의 담임선생님이었던 갈릭 여사의 아들이었다. 갈릭 여사는 이 개월 전에 사라졌다. 무자헤딘이 아직 플리트비츠를 점령하고 있을 때였다. 그 뒤 세르비아인들이 마을을 장악했고 그래서 첼코도 그 물결에 합류하고 있었다.

첼코는 사미라를 자신의 집으로 데리고 갔다. 버려진 어수선한 집이었다. 둘은 한참을 말없이 부엌에 앉아 있다가 통조림 생선과 냉동피자를 먹었다. 사미라는 몇 주일 동안 배고픔에 시달렸는데도 음식이 잘 받지 않았다. 그다음 갈릭 여사의 침실로 갔다. 첼코가 일을 마치면 사미라는 그의 옆에 누워서 등을 쓰다듬어주어야 했다. 첼코는 말하곤 했다. 이 전쟁이 끝나면 우리, 사촌들이 사는 뉴질랜드로 가자, 그곳에서 행복하게 살자. 그녀는 아무런 대꾸를 하지 않았고 그러면 첼코는 말했다. 이해해. 시간이 필요하겠지. 하지만 난 사학년 때부터 네가 나에게 꼭 맞는 여자라는 걸 알았어. 그게 넌 가지지 못한 나의 장점이겠지. 그 뒤 그는 사미라를 체육관으로 다시 데리고 갔고 헤어지면서 땀으로 축축해져 이마에 들러붙은 머리칼을 쓸어 올렸다. 그가 떠나자마자 사미라는 매트 위로 몸을 던져 얼굴을 매트에 묻었다. 그렇게 몇 시간 동안이나, 눈물 한 방울 흘리지 않으며.

그 모든 것을 나는 나중에야 사미라에게 들었다. 처음 사미라는 그 촌스러운 상담실에서 꼼짝도 않고 나와 마주앉아 있었다. 마치 플리트비츠에 있던 매트에서 꼼짝도 않고 있었던 것처럼. 대부분 여성 환자들이 내 동료 여의사를 찾는 것과는 달리 그녀는 언제나 나에게로 왔다. 우리는 베를린에 대해서, 그녀가 좋아하는 책에 대해서, 혹은 그녀가 어디선가 본 옷에 대해서 이야기를 나누었다. 어느 오후에 그녀는 물었다. 혹시, 제가 예의 없이 굴었나요? 나는 그녀에게 물었다. 그게 무슨 말이에요?

"아니, 제가 선생님에게 너무 솔직히 이야기를 하는 거 아닌가 해서요."

무슨 말씀을. 솔직하지 않았더라면 그게 더 예의 없는 거겠지요. 그렇게 말을 하다 사래가 들려 나는 기침을 해댔다. 그런 다음 나는 사미라가 어떻게 임신을 했고 낙태를 하려고 했으며 왜 그렇게 하지 못했는지, 그리고 그 밖의 이런저런 얘기를 들었다.

"나, 이스라엘로 돌아가." 셸리는 차갑게, 그리고 화가 잔뜩 난 듯 말했다. 다시 그녀의 이스라엘 식 음성.

"어디로?"

"이스라엘로."

"오래?"

"모르겠어."

"거기서 일하려고?"

"모른다니까."

그녀는 내 손에서 손을 빼어내고는 등을 뒤로 기대앉았다. 그러고는 나를 비켜 딴 곳을 바라보았다. 머리카락이 얼굴로 떨어졌다가 마치 십대 소녀처럼 옆으로 나부꼈다.

"혼자 가?"

"묻지 마. 그런 건 왜 물어?"

"알고 싶으니까."

"좋아."

"좋다니?"

"그래. 혼자다."

"그래?"

"그래. 하지만 그가 날 따라올지 모르지."

"틀림없이 네 뒤를 따라가겠지."

"그래. 틀림없이."

"그리고 널 위해서 모헬할례 시술하는 종교인에게로 갈 거고."

그 말을 하면서 나는 웃었는데 왠지 거짓 웃음처럼 들렸다. 아닌 게 아니라 그건 꾸민 웃음이었다.

"그만해."

"왜?"

"웃는 거 그만하란 말이야."

"거기서 살려고?"

"어쩌면."

"그 쫀쫀한 놈이랑?" 이렇게 말하는 나는 꼭 내 아버지를 닮았다. 그가 독일 손님에 대해서 욕을 할 때처럼.

"그렇게 히죽히죽 웃는 거 그만두면 대답해주지, 이 쉬테틀 유대인이른바 '문명화'된 유대인과 달리 대도시에 살면서 유대인의 전통을 지키며 살아가는 유대인. '촌놈'과 거의 같은 뜻으로 쓰인다 같으니라고." 셸리가 빙글빙글 웃으며 말했다.

"너도 히죽히죽 웃고 있잖아."

"그래. 하지만 너처럼 멍청해 보이지는 않지."

"맞네."

나는 다시 그녀의 손을 잡았다. 하지만 그녀는 얼른 손을 빼내었다.

"내가 네 웃음 없이 어떻게 살겠어. 말해봐."

"그래, 나도 네 웃음 없이 못 살지."

시간은 멈추었다. 한 번 원을 돌더니 너무 빨리 제자리로 돌아왔다. 셸리는 숨을 깊이 들이쉬고 다시 내쉬었다. 나도 따라 했다. 그리고 말했다.

"일곱시에 하자, 응? 일 마치고 바로."

"그만 좀 하라니까. 계산이나 해. 병원에 너무 늦겠다."

그녀는 일어나 화장실로 갔다. 그녀의 핸드백은 그대로 의자에 놓여 있었다. 나는 그녀의 뒷모습을 보면서 생각했다. 제발! 적당한 날을 잡자! 그러고는 종업원을 불렀다. 계산을 하면서 폴란드에서 왔느냐고 폴란드어로 물었다. 그녀는 상냥하게 아니라고 답했다.

내 아이디어는 간단한 거였고 보통이라면 여자들이나 하는 수법이었다. 나는 그게 통하리라는 걸 알았다. 한 번만 셸리를 다시 손에 넣으면 다음은 아무 문제가 없을 터였다. 그녀는 우리 둘 가운데 비이성적인 쪽이었다. 나는 주의를 하는 척하거나 아니면 주의를 하는 척하는 연극조차 하지 않아도 상관없을 것이다. 나중에 세상에 그런 일이! 미안해, 라고 말하기만 하면 되었다. 그리고 정말 그 수가 통해서 감사합니다, 하느님, 하고 감사기도를 드리면 그뿐이었다.

"알았어. 한번 생각해볼게." 셀리가 말했다. 그녀는 내 뒤에서서 내 목덜미를 쓰다듬었다. 그런 다음 그대로 나를 안고 그 자리에 입을 맞췄다.

"나중에 전화할게, 당신은 정말 미쳤어."

나는 그녀가 외투 입는 것을 도와주었다. 나갈 때 그녀는 내 팔짱을 꼈다. 사람들이 우리를 바라보았다. 우리는 그걸 알아챘으나 사람들은 우리가 눈치 채고 있는 걸 모르는 눈치였다. 그녀는 팔로 내 팔을 꼭 눌렀다. 예전처럼.

바깥은 아직 겨울 추위가 매서웠다. 하지만 하늘은 개었고 겨울외투를 여미지 않아도 좋을 만했다. 프리드리히 거리에서 우리는 헤어졌다. 셀리는 연구실로 가고 나는 전차를 타야만 했다. 우리는 포옹하지 않았고 입맞춤도 나누지 않았다. 다만 미소를 지으며 헤어졌다.

사미라가 마지막으로 첼코와 함께 있었을 때 그녀는 남자를 죽이려고 했다. 그가 뉴질랜드 이야기를 하다 잠이 들자 그녀는 부엌으로 가서 칼을 집어 들었다. 칼은 아직 피자 박스에 들어 있었다. 사미라는 칼을 들고 돌아와 그를 굽어보며 침대 위에 무릎을 꿇었다. 그리고 칼을 빼어들었으나 그만 손에서 미끄러져 떨어뜨렸다. 의도적이었는지 아니면 우연이었는지 그녀 자신도 알 수 없었다. 칼은 방을 가로질러 가더니 요란한 소리를 내며 히터 위에 떨어졌다. 첼코가 깨어났다. 그는 자기를 굽어보고 있는 사미라에게 미소를 지었다.

"아, 참 좋다. 당신이 내 옆에 있어서. 키스해줘."

그녀는 키스를 했다. 다른 선택이 없었기 때문이었다.

자살하는 사람들

오후 두시, 유월의 태양이 얼굴을 찔렀다. 남자는 맥주를 한 잔 마시고 싶었다. 그러다 금세 또 한 잔, 조금 후 또 한 잔 더 마실지 몰랐다. 그는 맥주를 자주 마시는 편이 아니었으나 최근엔 늘 맥주를 마셔댔다. 맥주 한두 잔을 재빨리 들이켜고 나면 따끈한 기운이 명치께 번졌다. 그러면 무엇인지 알 수 없는 것에 대한 기쁨이 차올랐다. 하지만 그보다 더 좋은 게 있었다.

종업원이 왔을 때 그는 고개만 끄덕이면 되었다. 종업원도 고개만 끄덕이고는 바 뒤쪽 그늘 속으로 사라졌다. 사미는 태양 쪽으로 얼굴을 돌렸다. 태양은 조금 전보다 더 뜨거웠다. 태양은 사방에 가득했다. 사람들이 앉은 바깥 흰 탁자 위에도, 보도에도, 그리고 크고 거울처럼 투명한 저 너머 푸른 바다 위에도.

그는 창문가에 앉았다. 창문은 열려 있었다. 바다는 진짜 바다가 아니었다. 그건 밤나무 가로수였다. 여름이면 밤나무 길은 바다가 되었다. 바깥에 앉아 있는 사람들의 머리와 어깨 뒤의 거리만 보이지 않으면 꼭 바닷가에 온 것 같았다. 남자들은 대부분 티셔츠 차림에 여름 모자를 쓰고 선글라스를 꼈다. 여자들은 얇은 여름 원피스를 입고 왔고 간혹 청바지에 위에는 달랑 비키니만 걸치고 오는 여자도 있었다. 모두들 이야기를 하면서 바다 쪽을 바라보았다. 의자에 몸을 낮추고 앉으면 밤나무 가로수길을 지나는 자동차가 보이지 않았다. 밤나무 가로수와 길 건너편 집들을 잊어버리는 데는 그것만큼 좋은 방법도 없었다. 전차가 지날 때야 사람들은 자신이 있는 곳이 어디인지 깨닫곤 했다. 그러나 전차가 사라지고, 그러면 바깥은 또다시 바다가 되었다.

레아도 역시 바닷가에 있었다. 그녀는 텔아비브 호텔 창가에서 있었다. 창문은 짙게 코팅되어 있었다. 그녀는 위에서 아래 해변을 내려다보았다. 회색 물결이 천천히 밀려왔다 다시 되돌아갔다. 물속은 사람들로 가득했다. 수영하는 사람들의 머리만 이리저리 움직였고 작고 흰 보트 한 척도 마찬가지로 그네처럼 흔들거렸다. 더 멀리로는 유조선이 조용히 지나갔다. 배는 수평

선의 가느다란 금 위를 달렸다. 거의 꽉 닫힌 창으로는 어떤 소리도 들어오지 않았다.

"준비 다 됐어." 남자의 부드러운 목소리가 그녀의 뒤에서 들려왔다.

"알았어."

"오케이."

"우리 곧 출발해야 돼?"

"아니, 너 좋을 대로. 네가 원하지 않으면 꼭 가지 않아도 돼. 같이 가는 게 싫으면 넌 여기 있어도 돼. 나 혼자 갔다 올게."

"같이 갈래."

"나 혼자 가는 게 나을 것 같아."

그래, 나도 알아, 라고 그녀는 생각했다. 그런 다음, 하지만 난 연습을 해야만 해, 라고 생각했다.

"좋아. 혼자 가. 난 여기 있을게. 어쩌면 나중에 갈지도 모르겠어. 내가 뒤따라가는 거, 괜찮아?"

검은 머리칼에 키 크고 잘생긴 남자. 청바지와 하얀 티셔츠를 입은 그 남자가 레아의 뒤로 와서 그녀의 머리칼을 어루만졌다.

"그럼, 물론 괜찮지."

그녀는 갈색 머리칼에 몇 가닥 꼰 머리가 섞여 있었다. 이라크 출신의 할머니에게서 물려받은 것이었다. 남자들을 만나면 처음부터 그들은 그녀의 머리칼 칭찬을 늘어놓았다.

"정말?"

"응."

그녀는 몸을 돌리지 않았다. 돌리고 싶은 것을 억지로 참고 있었다. 그녀는 기다렸다.

"나, 카페에 있을게. 열두시부터래."

"응."

"안녕." 그가 말했다.

그녀는 계속 기다렸다. 그가 방을 가로질러 가는 것을, 문을 여는 것을, 멈추어 서는 것을, 주머니에서 무언가를 찾는 것을, 그리고 자신의 부주의함에 짧게 실소를 터뜨리는 것을 들으면서도 기다렸다. 하지만 그는 돌아오지 않았다. 그는 나갔고 나가면서 문을 세게 닫았다.

문을 저렇게 세게 닫는 게 재미있나? 아마도 내가 들으라고 쾅 닫는 거겠지. 자기가 나갔다고 생각하게. 그는 아직 방에 있을지 몰라. 곧 날 안고 키스하고 어쩌면 침대로까지 데리고 갈지 몰라. 그녀는 조금 더 기다렸다. 그리고 뒤를 돌아보았다. 방은 텅 비어 있었다.

맥주는 첫 잔의 세 번째 모금이 제일 맛있는 법이라고 사미는 생각했다. 첫 모금은 혀를 타게 하고 두 번째 모금까지는 아직 차다는 느낌을 주지만 세 번째 모금은 모든 게 가장 알맞다고 여기게 한다. 그는 첫 번째, 두 번째, 그리고 세 번째 모금까지 들이켠

다음부터 벌컥벌컥 마시다가 맥주잔이 반쯤 비자 잔을 내려놓았다. 그다음 모금부터는 맥주에서 무슨 맛이 날까? 일곱 번째, 혹은 스무 번째. 떠올리려 해도 생각나지 않았다. 그 대신 마지막 전화통화가 떠올랐다.

"그 사람 꼭 하고 말 거야. 난 알 수 있어."

베이트와 함께 이스라엘로 떠나기 전 그녀는 그렇게 말했다. 그녀는 비행기 티켓이 있기 때문에 가는 거라고 이유를 대었다.

"난 알 수 있다니까. 무슨 말인지 알겠어? 뛰어내릴 거라고. 자주 그렇게 말했다니까?"

"그래. 그런 말 자주 했지. 그런데 그냥 하는 말이잖아."

사미는 이렇게 대답했다. 베이트는 거짓말을 했고 그녀 역시 베이트가 진짜로 그러지는 않을 거라고 생각했다. 사미는 그것도 알고 있었다.

"정말로 그렇게 생각해?"

"그래."

"왜 그렇게 확실한데?"

"확실하니까 확실하지."

"아냐. 아니라구."

"아니! 베이트는 그렇게 끝내고 싶어 하지 않아. 그 정도 협박은 해가 안 된다고 생각하는 것뿐이야."

"정말 시시해."

더 시시한 건 그가 진짜 자살을 해버리는 거지, 라고 사미는 생각했다. 하지만 그렇게 되면 드디어 이 지상에서 그놈은 사라질 게 아닌가. 그건 나쁘지 않군. 레아도 틀림없이 그놈을 그리워하지 않을 거야. 사실 그놈의 말이 거짓말이라는 게 아쉽군.

두 번째 맥주는 처음보다 맛이 없었다. 세 번째는 다시 좋아지겠지. 이렇게 마신 술은 두 시간, 아니면 세 시간가량 그를 취하게 하다가 또 그만큼 시간이 지나면 다시 멀쩡하게 할 것이다. 그게 더 힘들었다. 하지만 그는 계속 마시리라. 두 시간, 혹은 세 시간가량 낙천적일 수 있는 건 가치 있는 일이었다. 두 시간 혹은 세 시간가량 안다는 것. 레아가 그를 사랑하며, 그것도 아주 많이 사랑하며, 베이트가 죽든 말든 어쨌든 몇 주일, 기껏해야 한두 달이면 베이트와 헤어지리라는 걸 아는 것은 그에게 견딜 힘을 주었다. 세 잔째 맥주를 마시자 레아가 이스라엘에 있다는 것도 그렇게 구역질나는 일로 여겨지지 않았다.

거의 같은 시간에 레아는 이렇게 생각했다, 나는 구역질나는 인간이야. 그녀는 다시 창가에 서서 오리엔트 카페를 내려다보았다. 베이트도 구역질나는 놈이고. 사미만은 아니지. 아니, 사미도 구역질나는 놈이야. 그놈은 이 세상 모든 걸 다 안다고 여긴다니까. 내가 아무리 거짓말을 해도 그놈은 진짜가 뭔지를 다 알지. 이게 그가 가진 유대인적인 속성이야. 정말 참을 수가 없어. 하지만 그는 당연히 생각을 할 줄 아는 인간이지. 난 그게 맘에 들고.

드디어 베이트가 호텔 앞 흰 계단 위에 나타났다. 어둡게 코팅된 창문을 통해 바라보면 흰 계단은 회색으로 보였다. 그는 서 있었다. 파란 양키모자를 쓰고 천천히 계단을 내려갔다. 그런 다음 흰 모래(창문을 통해 바라보면 회색 모래)가 나타나고 베이트는 샌들을 벗고는 모래사장을 가로질러 카페로 갔다. 조용히, 서두르지 않고. 뜨거운 모래에 발바닥이 화끈거릴 텐데도 말이다.

베이트는 언제나 조용했다. 식당에서 음식이 나오지 않았을 때도, 비행기에서 내려 보니 짐이 사라졌을 때도, 아버지의 임종 때도, 질투심을 불러일으키려고 레아가 사미에 대해서 고백했을 때도, 그는 침착했다. 당연히 저런 타입의 인간은 자살을 생각하지 못한다. 아니 적어도 자살을 할 거라는 협박을 할 줄 모를 것이다. 문제가 생기면 대개 그는 기껏 미소를 살짝 지을 뿐이었다. 어젯밤 그가 레아에게 말했다. 우리, 이스라엘을 떠나면 한동안 만나지 않는 게 나을 거야. 그때도 미소를 지었다. 그런데도 레아가 원했으므로 둘은 사랑을 나누었다. 사랑을 나누면서도 그는 같은 미소를 지었다. 절정에 이르렀을 때에야 잠시 얼굴표정이 변했다.

베이트는 카페로 들어가기 전 멈추어 섰다. 그는 오래 바다를 바라보았다. 그의 크고 잘생긴 몸은 호텔방 위에서 내려다보아도 잘생겼고 컸다. 잠시 후 군 헬리콥터가 해변 위로 나타나자 베이트가 위를 올려다보았다. 레아는 한 걸음 물러났다. 그에게 창문으로 지켜보고 있는 모습을 보이기 싫어서였다. 그러다 이내 다시 고개를 창문에 들이밀었다. 그 순간 그들이 그곳에 도착했다. 엘리, 오리트, 디터, 그리고 그녀가 알지 못하는 사람이 두 명 더 왔다. 그들은 함께 카페로 들어갔다. 그들 모두를 알고 있는 경비원 란은 고개를 끄덕이며 검문도 하지 않고 그들을 들여보냈다. 란은 그들이 들어가는 뒷모습을 바라보았다. 그러더니 누군가를 향해 손짓을 해 보였다. 베이트가 되돌아 나왔다. 그들은 잠시 이야기를 나누었다. 이야기를 나누면서 란은 호텔 쪽을 올려다보았다. 이번엔 레아도 몸을 숨기지 않았다.

사미가 일어났을 때 발은 사미를 따라 일어나지 못했다. 그의 모든 것이 그에게는 너무 낮은 의자에 그대로 머물고 있었다. 등, 팔, 그리고 생각까지. 그는 비틀거리며 카운터로 가서는 지불을 하고 밖으로 나왔다. 바깥으로 나오자마자 그는 따뜻하게 달구어진 어느 집 담에 몸을 기댄 채 태양 아래에서 자신의 팔과 다리를 기다렸다. 하지만 그의 팔과 다리는 그를 따라서 서두를 이유가 없었다.

바다는 더 이상 그 자리에 없었다. 마치 그곳에 전혀 있어본 적도 그리고 다시 그곳에 있을 수도 없다는 듯. 그 대신 전차가 요란한 소리를 내며 천천히 모퉁이를 달렸다. 그 전차는 베테라넨 거리에서 왔고 동시에 다른 전차가 위쪽에서 왔다. 두 전철이 지나가고 났을 때 사미는 카페로 다시 돌아가기로 결심했다. 그는 다시 창가에 있는 자기 의자에 앉았다. 그의 다리는 아직 그곳에 있었다. 다른 모든 것들 역시 그곳에 있었다. 종업원도 그 자리에 그대로였다. 하지만 사미는 아무것도 마시지 않으려고 했다. 절대로 다시는 맥주를 마시지 않으리라. 우습군, 나는 알고 있어. 내가 더 이상 마시려 하지 않는다는 걸. 하지만 말이다, 알 수 없는 일, 진짜 나는 마시지 않으려고 할까?

그런 다음 그는 맥주 한 잔을 더 시켰다. 맥주 여섯 잔을 연거푸 마셔본 적이 없었다. 하지만 지금까지는 일 년 동안이나 한 여자를 기다려본 적도 없었다. 일 년 동안 글을 한 줄도 쓰지 않았던 적도 없었으며 일 년 동안 부모에게 전화를 하지 않았던 적도, 아들을 보지 않았던 적도, 그리고 거의 아무것도 먹지 않았던 적도 없었다. 일 년 동안 살지 않았던 것이다. 그래, 딱 한 잔만 더, 차고 빛깔이 옅은 놈으로. 그다음은 절대로 마시지 않으리라.

레아는 이 순간 무슨 생각을 하고 있었을까? 난 연습을 해야 해. 베이트 없이 사는 연습을. 그는 날 떠날 테니까. 그녀는 따스한 창문에 이마를 대고 서서 언제나처럼 손으로 작고 어두운 배를 만지고 있었다. 그녀도 아래 카페 오리엔트로 내려가고 싶었다. 하지만 그녀는 카페로 가지 않을 것이다. 그의 옆에 앉아 한두 번 머리를 그의 어깨에 기대고 그의 잔에 든 것을 마시며 담배 두 개비에 불을 붙여 한 대를 그에게 주고 싶었다. 그가 조용히 그의 스타일로 다른 사람들 말을 듣는 것을 바라보고 싶었다. 그들이

웃고 히브리어로 대화를 나누고 신경질적으로 변하는 동안 그만 혼자 조용히, 그래서 그녀도 조용히 있는 거. 그거야말로 대단한 일이었다. 좋아, 모든 게 끝났어. 아마도 그 사람 없이 살 수 있을 거야, 하지만 어쩌면 그럴 수 없을지도 모르지.

사람들이 점점 카페로 몰려들었다. 줄은 더 길어졌고 란은 손님들을 제대로 체크하지 않고 들여보냈다. 그는 정말 친절했다. 단순하나 친절한 사람. 그 카페를 다녀간 사람은 모두 그와 친구가 되었다. 레아와 그도 처음에는 종종 농담을 하곤 했다. 그는 베이트가 있는 자리에서 그녀에게 히브리어로 물었다. 레아, 언제 나랑 데이트 할래, 저 독일인은 너에겐 전혀 쓸모없는 인간이라고. 그녀는 되받아쳤다. 란, 독일 남자보다 더 매력이 없는 게 모로코 남자야. 둘은 함께 웃었다. 란보다 그녀가 더 많이 웃었다. 며칠이 지나고 나자 레아는 란에게서 사미의 모습을 발견했다. 그는 사미의 모로코 판 같았다. 머리카락도 없고 코도 낮았으며 좀 두툼한 입술에다 참으로 영리해 보이는 눈까지. 그런 느낌을 받고 난 뒤부터 그를 볼 때마다 양심의 가책을 받았다. 사미에게 그 말도 안 되는 자살 이야기를 하지 않았어야 했어. 그건 레아가 지어낸 이야기에 불과했다. 아무런 결정을 하지 않기 위해서. 란을 볼 때마다 레아는 그런 생각이 들었고 그래서 더 이상 란과 농담을 주고받지 않았다.

아래에 무슨 일이 일어난 듯했다. 줄 서 있던 두 남자가 서로 밀치더니 주먹질을 하기 시작했다. 몇 사람은 왼쪽으로 몇 사람은 오른쪽으로 움직였다. 줄은 잠시 마치 진짜 살아 있는 뱀처럼 꿈틀거렸다. 얼마가 지나고 난 뒤 사람들이 둘을 갈라놓았다. 모두들 다시 제자리로 돌아갔고 아무 일이 일어나지 않은 듯 잠잠해졌다.

나도 패고 싶어, 레아는 생각했다. 주먹으로 베이트의 배와 팔을 때리는 상상을 해보았다. 당연히 베이트는 방어를 하지 않을 것이다. 그는 미소를 가볍게 지을 테고 그게 날 더 미치게 만들겠지. 견디지 못해서 얼굴로 주먹이 갈지도 몰라. 그래도 그는 그저 웃기만 하겠지. 그러면 탁자 위에 놓인 재떨이를 이마에다 던져야지. 이마에서 피가 철철 흐르겠지. 미소 띤 입술에까지. 한 대 더 주먹으로 갈기면 그는 쓰러질 테고 그러면 뻔뻔하게 미소 짓는 그의 얼굴로 다가가 머리를 잡고 이리저리 흔들어야지. 그러다 언젠가 지쳐 멈추게 되면 그의 앞에 무릎을 꿇고 앉아서 피가 흐르는 머리를 어루만져주어야지. 이거, 사미에게 해봐도 좋겠는걸.

레아는 눈을 떴다. 그녀는 아직도 창문에 이마를 대고 있었다. 그녀는 팔을 올려 손으로 유리창을 눌렀다. 크고 회색이 도는, 뜨거운 유리에 쩍 들러붙는 것 같았다. 창문에서 떨어져 나오고 싶었지만 뜻대로 되지 않았다. 그녀는 오리엔트 카페의 평평하고 볼품없는 시멘트 지붕을 내려다보았다. 그 안에 베이트는 앉아 있다. 그녀 없이. 앞으로 언제나 그녀 없이 어딘가에 앉아 있으려는 듯. 그러다 레아는 란을 보았다. 란은 흥분해서는 우왕좌왕하며 우스꽝스럽게 움직였다.

란은 핸드폰을 들고 전화를 하면서 깨금발로 손님들의 머리 너머 카페 안을 보려고 안간힘을 썼다. 갑자기 그가 카페 안으로 달려갔다. 몇 초 동안 아래에서는 아무 일도 없는 것처럼 보였다. 줄을 서 있는 사람들, 회색에다 황량한 시멘트 판으로 만들어놓은 해변의 산책길, 회색으로 어른거리는 모래, 역시 반쯤 벗은 채 회색으로 어른거리는 해변의 사람들, 회색으로 일렁이는 바다. 그러더니 마치 누군가가 텔레비전 볼륨을 낮추어놓은 듯 조용한 가운데 레아는 보았다. 편편하고 하얀 카페의 지붕이 무너져 내리는 것을. 엄청나게 큰 누런 화염이 솟구쳐 오르며 벽, 나무, 금속조각이 하늘로 날아가는 것을. 카페 앞에 서 있던 사람들이 마치 종잇조각처럼 날아가는 것을. 뒤이어 또 한 번의 화염과 공격적인 검은 구름, 그리고 레아는 닫힌 창문을 통해 멀고 나직하게 울리는 폭발음을 들었다. 내가 무엇을 보고 있나? 그녀는 도무지 이해할 수 없었다. 몸이 창문에서 천천히 미끄러지더니 바닥으로 떨어졌다. 그곳에서 그녀는 입을 벌리고 눈을 뜬 채 그렇게 누워 있었다.

그 순간, 그러니까 베이트가 죽는 순간 사미는 맥주 한 잔을 더 마시기로 결정했다. 그 맥주는 오늘 하루 마신 맥주 가운데 제일 맛이 좋았다. 알맞은 온도에다 작은 거품이 아주 유쾌하게 목과 혀를 간질였다. 그는 창문 너머를 바라보았다. 바다는 다시 그곳에 있었다. 바다뿐이 아니었다. 그의 팔도 다리도 생각도 다시 돌아왔다. 드디어 그는 집으로 갈 수 있었다. 이상하네, 뭔가 변했어. 근데 그게 뭘까.

오즈로부터 온 편지

그들은
인노센티아 공원독일 함부르크에 있는 공원에 있는 벤치에 나란히 앉아 있었다. 벨라가 물었다. "자신이 쓴 게 무얼 뜻하는지, 사람들은 항상 알까?"

같은 시간, 아모스 오즈이스라엘 작가이며 'Peace Now'라는 평화단체의 설립위원, 아모스 콜렉이스라엘 영화감독, 다비드 그로스만이스라엘 작가이며 평화운동가, 그리고 몇몇 사람들은 저녁이 찾아오고 있는 예루살렘을 달리고 있었다. 대통령에게 그들의 성명서를 전달하기 위해서였다. 하루 온종일 그들은 성명서를 작성하기 위해서 머리를 모았다. 피곤했고 신경은 날카로워져 있었다. 자동차 세 대에 나누어 타고 있었으므로 달리면서 몇 번 서로에게 전화를 걸었다. 용기를 내자고, 그리고 우리의 행운을 기대해보자고. 자프파토아에 있는 대통령 공관에 도착해서 그들은 차에서 내렸다. 차 주위에 서서 잠시 조용조용 뭔가 말을 주고받다가 드디어 공관 안으로 들어갔다.

인노센티아 공원에는 차츰 어둠이 내려앉고 있었다. 남자는 점점 한기가 들었으나 말하지 않았다. 벨라도 한참 전부터 추웠다. 하지만 그녀는 나, 배고파, 라고만 말했다. 결국 둘은 이제 거리 쪽을 따라 걸어갔다. 남자는 여자를 안거나 적어도 손이라도 등에 올리고 싶었다. 사실 그래도 괜찮았을 것이다. 여자 역시 턱을 남자의 어깨에 대고 그를 비껴 저녁하늘을 보면 어떨까, 하는 생각을 하는 중이었다. 그래서 걸어가면서 우연인 듯 어깨로 남자의 팔을 건드렸으나 그는 반응하지 않았다. 그리고 둘은 동시에 큰 풀밭을 보았다. 풀밭은 어둠 속으로 스며들고 있었다. 가로등이 하나둘씩 켜졌고 풀밭은 은빛으로 마치 저수지인 양 공원 가운데에 자리 잡고 있었다.

파리 카페는 텅 비어 있었다. 앞에는 몇몇 사람들이 일요일의 기분에 사로잡힌 양 앉아 있었다. 그들은 피곤하나 행복해 보였고 생각은 이미 내일 일하러 갈 기분에 젖어 있는 듯했다. 카페 안의 불빛은 언제나 그랬던 것처럼 희미했다. 구석자리는 더 희미했고 더러워 보였는데 그곳에 둘은 앉았다.

그들은 한동안 말을 하지 않고 나란히 의자에 앉아 있다가 메뉴판을 살폈다. 벨라는 나, 커틀릿 먹을래, 하며 일어났다. 그녀가 돌아왔을 때 남자는 몇 주 동안 그녀를 보지 못했다가 드디어 다시 만난 것 같은 느낌을 짧게 받았다. 그녀 역시 남자를 보았을 때 같은 느낌을 받았다. 그렇지만 여자가 가진 느낌은 약간은 다른 종류였다. 그녀는 종종 여러 가지 느낌을 가지곤 했다. 새해축제가 열리는 유대교당 안에서 그들이 갑자기 다시 말을 나누게 되었을 때, 그때 느낌은 아주 좋았다. 남자가 프랑크푸르트로 돌아가자 그렇게 좋은 느낌은 들지 않았다. 다시 그가 돌아왔을 때 나아졌다가 방금 막 다시 나빠졌다.

그녀는 남자 옆에 앉았다. 이번에는 그전보다 조금 떨어져 앉았다. 그녀가 말했다.

"우리, 이야기 꼭 해야 해?"

"아니, 꼭은 아냐."

"하지만 넌 하고 싶잖아."

남자가 미소를 지었다.

"아니, 그렇지 않아. 내가 참을성이 없잖아."

"난 좀 천천히 했으면 해. 이번엔 정말 아주 천천히 해야 한다고."

"알아."

"그래, 네가 안다는 거, 나도 알아."

"우린 어차피 모든 걸 다 알지."

"그래. 우린 다 알지, 그건 암치도 않아, 하지만…." 그녀는 약간 망설이는 듯했다.

"위험하다고?" 남자가 물었다.

"그래, 위험해. 하지만 우리 더 이상 위험이라는 말 하지 말자, 위험이라니, 꼭 맞는 말은 아냐."

여자는 남자의 손을 잡았다. 남자는 여자의 목에 입을 맞추려고 했으나 그녀는 남자에게 거리를 두더니 동시에 남자에게서 등을 돌렸다. 그때 음식이 나왔다.

아모스 오즈, 아모스 콜렉, 다비드 그로스만, 그 밖의 사람들이 대통령을 위해 준비한 성명서는 여느 성명서와는 달랐다. 그들 스스로도 왜 그런 일이 생겼는지 알 수 없었다. 성명서 작성이 끝났을 때는 이미 너무 늦어 고칠 시간조차 없었다. 성명서 내용은 음울했고 장엄한 단어들로 가득 차 있었으나 그렇게 구체적이지는 않았다. 이스라엘의 몰락, 예언자들과 이스마엘 후손들의 말씀이며 네게브 사막 위에 피처럼 붉은 저녁태양이라는 말도 전체 내용에서 세 번은 들어 있었다. 그들이 대통령 관저의 거실에 앉아 차를 마시는 동안 대통령은 성명서를 들고 사라졌다. 다시 나타났을 때 대통령은 충격을 받은 듯했으나 어쩌면 그들에게 화가 잔뜩 나 있었는지도 몰랐다. 갑자기 뒷방에서 대통령의 아들이 뛰어나오더니 소리 지르기를, 페타흐-티크바텔아비브에서 몇 킬로미터 떨어진 곳에서 염병할 놈들 가운데 하나가 또 자살폭탄을 터뜨렸으며 긴급 내각회의가 오늘밤 내로 소집되어야 한다고 했다. 대통령은 고개를 끄덕이며 그전에 이 작가 분들과 이야기를 나누어야 한다고 말했다. 그러고는 거실로 왔다. 그들 곁에 앉아서 담소를 나누기 시작했다. 어쩌면 그 일에 그토록 단단한 확신을 가지고 있는지 대통령은 되풀이해서 알고 싶어 했다.

"각하는 왜 그렇게 확신을 하십니까?" 그들이 물었다.

"그러니까 그래서."

"그런 난센스가 어디 있습니까?"

"난센스가 아니지요. 설명을 하려는 게 되레 난센스 아닌가요?"

그들은 시청 앞 장터를 지나갔다. 도시는 완전한 어둠에 잠겼다. 창문을 올려다보면 창문들 역시 어두웠다. 둘은 알스터로 갔고 피어 야레스차이텐을 지나 케네디 다리에서 잠시 몸을 돌렸다. 융퍼슈타이그는 밤에 희고 차가운 빛을 내고 있었다. 자동차도 거의 다니지 않았고 노이발에 켜진 크리스마스 등불만이 외롭게 반짝거렸다.

"파리." 그가 말했다.

"너무 낭만적이지 않아?"

"런던."

"그곳에는 바람이 많이 불어."

"뉴욕."

"흥미 없어."

"그럼 부다페스트, 부다페스트가 어때?"

"돌았어?"

"부다페스트는 우릴 행복하게 하잖아."

"겨울에도?"

"겨울이라면 아마도 힘들겠지."

"휴일에 내가 프랑크푸르트로 가는 건 어때?" 그녀는 그 말을 하면서 괜찮은 느낌을 받았다. 그녀는 다른 느낌이 오는지 기다렸다. 하지만 다른 느낌은 오지 않았다. 그런 다음 결국에는 그 다른 느낌이 왔다. 그럭저럭 느낌을 지워버릴 수는 있었다.

"어쩌면 예스, 어쩌면 노." 그가 말했다.

그녀는 말없이 그의 손을 끌어서는 외투주머니에 자기 손과 함께 밀어 넣었다. 여자의 걸음걸이를 맞추기 위해 남자에게는 잠시 시간이 필요했다. 여자의 걸음걸이가 남자처럼 강하고 목적지향적이라는 것을 그는 처음으로 알아차렸다. 둘은 침묵한 채 그린델 가로수길을 내려가 아바톤에서 구부러져 그린델호프 쪽으로 들어갔다. 이전에 보른플라츠 유대교당이 있던 자리가 나왔다. 지금 그곳엔 검고 깊은 구멍만이 남아 있었다. 그들은 똑같은 생각을 하고 있었으나 아무 말도 하지 않았다. 그런 생각을 하고 있는 것이 창피했기 때문이었다. 그다음, 피곤해져서는 더 이상 아무 생각도 하지 않았다.

어둠 속으로 사라지기 전에 벨라가 말했다.

"왜 넌, 다른 사람을 정복해야 한다고 믿어?"

"나도 잘 모르겠어."

"진짜로?"

"그 사람의 비밀을 풀려고…. 아마도."

"그런 다음은?"

"그럼 다 풀린 거지 뭐."

"아님, 아무것도 풀리지 않을지도 모르지."

"그럼 다시 정복해야지."

"언제나 반복해서, 매일매일, 매일 밤마다."

여자는 멈추어 서서 남자를 안았고 다시 걸었다.

"우리 이야기 쓸 거야?" 여자가 물었다.

"네가 먼저."

"바보." 웃으면서 여자가 말했다. 갑자기 두껍고 검은 구름 하나가 달을 가렸다. 가로등이 깜빡거리더니 할러 광장의 빛이 다 나가버렸다.

그날 밤 대통령은 두 시간도 잠을 자지 못했다. 모든 것이 끝나고 드디어 침대에 누웠을 때 뇌 안에서는 온갖 생각들이 쏜살같이 지나갔다. 이미 수면제를 먹었으나 듣지 않아서 즈베트노이 박사가 와서 주사를 놓아주었다. 잠시 동안 맥박이 조용해지고 심장도 규칙적으로 뛰고 머리는 더 이상 심한 압박으로 눌리지 않았다. 이 무슨 밤인가! 열다섯이나 죽고 부상자는 수도 없이 많았다. 멍청한 참모부 놈들, 몇 주일 동안이나 내 사족을 묶어두더니. 그 염병할 놈들을 다 죽이고 싶군, 걸어가는 놈이든 서 있는 놈이든 가리지 않고 말이야. 그리고 작가들과 이상한 편지. 대통령은 침대 맡의 램프를 끄고 창밖을 내다보았다. 맞은편에 서 있는 건물 창문에 켜진 오렌지 빛 등불이 깜빡거리더니 꺼졌다. 예루살렘에는 점점 날이 밝아오고 있었다. 그러나 그는 마침내 눈을 감고 이 밤을 잊고 싶었다. 공포가 밀려왔다. 징글징글한 공포. 오즈, 콜렉 등등의 사람들의 편지에 든 내용이 언젠가는 실현될 것이라는 것을 대통령은 알고 있었기 때문이었다.

Ziggy Stardust

이젠 다 집어치울 거야,

라고 생각한 적이 있다. 이미 꽤 오래전 일이다. 내 새 책이 금방 출판되었을 때다. 젊은 나치들끼리의 사랑이야기였다. 나는 그 책을 아주 빨리 완성해서 냈고, 책은 나오자마자 판매금지되었다. 고작 몇몇 사람들만이 그 책을 읽었는데 그 가운데 한 사람이 에드나였다.

나는 에드나를 열 살이 되던 해부터 알았다. 에드나의 가족은 우리가 사는 슐뤼터 거리 한 모퉁이에 살았다. 그녀가 테니스 가방을 들고 트레이닝을 갈 때 종종 나는 그녀를 보았다. 그녀는 진지한 소녀였고 생각은 언제나 먼 곳을 헤매고 있었다. 파란 눈동자는 늘 텅 빈 것 같았다. 그리고 입술은 나의 입술과 조금 비슷하게 생겼다. 우리가 거리에서 마주치면 때때로 그녀는 미소를 지었으나 그 미소는 나를 향한 것이 아니었다.

그 당시에 나는 전혀 에드나를 생각해본 적이 없었다. 그녀도 나처럼 유대인 가족 출신이었다. 그녀의 가족은 다소 복잡했다. 그래서 그녀는 아주 간혹 유대인공동체에 모습을 드러내었다. 그녀의 아버지는 헝가리 출신으로 유대인이 아니었다. 혹은 유대인인데도 아니고 싶었는지도 모른다. 그런 유대인을 전쟁 후에 종종 볼 수 있었다.

가을에 있는 명절이면 그러나 그녀의 가족, 라드바니 가족은 언제나 유대교당을 찾았다. 에드나는 볼품없게 생긴 현관홀의 창문가에 걸터앉아 있었다. 진지하고 키가 작은 에드나의 아버지는 그녀의 옆에 앉아 있었다. 에드나는 머리를 아버지의 어깨에 기대거나 아니면 무릎에 대었다. 아버지보다 키가 더 작은 어머니는 마지막까지 교당의 홀에 머물러 있다가 예배가 끝나고 모두가 교당을 나올 때 같이 나와서 미소를 지으며 딸과 남편에게 가서 입맞춤을 하며 "Chag sameach"히브리어로 'Happy Holiday'라는 뜻라고 말했다. 그건 내 마음에 들었으나 셋을 함께 보고 있으면 어쩐지 불안했다.

비가 몹시 내린 어느 해였다. 욤 키푸르유대인의 명절의 날이 끝나가고 있을 즈음, 나는 혼자 유대교당에 있었다. 부모님은 우리 호텔 문제 때문에 이스라엘에 가고 없었다. 거의 모든 사람이 다 집으로 가고 난 뒤였다. 나는 문에 서 있었다. 이스라엘 출신의 젊은 경비원이 내 옆에 서서 어서 나가달라는 듯 참을성 없이 발을 구르고 있었다. 그때 갑자기 나는 뒤에서 들려오는 에드나의 목소리를 들었다. "우리 엄마가 너, 우리집으로 밥 먹으러 오래. 그러면 너 혼자 있지 않아도 되니까." 내가 몸을 돌리자 에드나는 내 옆을 재빨리 지나갔다. 우산을 편 채였다. 나는 그녀를 따라가 함께 자동차에 올라탔다.

식사를 마치고 난 뒤 우리는 에드나의 방으로 갔다. 그녀는 나에게 레코드판을 틀어주었고 우리는 말없이 침대에 나란히 앉아 음악을 들었다. 에드나의 책상 위에는 프리드리히하인에 있는 나비공원에서 가져온 나비가 그려진 커다란 포스터가 걸려 있었고 램프에도 그리고 커다란 흰 옷장 위에도 나비 스티커가 붙어 있었다.

에드나는 데이비드 보위의 노래 〈Ziggy Stardust〉와 〈Hunky Dory〉를 가지고 있었고 그 밖에도 내가 아직 들어보지 못한 샹송 레코드판도 가지고 있었다. 내가 〈Ziggy Stardust〉를 제일 좋아한다고 말하자 에드나는 자기는 가져갈 수 없으니 가져도 좋다고 했다.

"이사 가니?" 내가 물었다.

"아니."

"그럼 뭐야?"

"오랫동안 여길 떠날 거야. 그리고 그곳에는 전축이 없어."

"외국으로 가니?"

"아니."

"네가 돌아오면 즉시 다시 돌려줄게."

"신경 쓰지 마."

그 후 나는 거의 이 년 동안 에드나를 보지 못했다. 우리 부모님께 에드나의 가족에 대해서 뭔가 아는 게 있는지 물었지만 부모님은 아무것도 모른다고 했다. 아마도 뭔가를 알고 있었을지도 모르지만, 우리 부모는 그런 소문에 대해 이야기하는 것을 좋아하지 않았다. 나는 더 이상 묻지 않았다.

큰 테니스경기가 열리던 로터바움에서 나는 에드나를 다시 만났다. 부모님 손님 가운데 한 분이 나에게 공짜표를 주었다. 전에 에드나는 이곳에서 그녀가 속해 있던 협회의 다른 소녀들과 함께 볼걸로 일을 하곤 했다. 하지만 지금은 그런 일을 하기에 에드나는 나이가 너무 많았다. 그녀는 센트럴 코트에 있는, 음료수를 마실 수 있는 곳에서 젊고 부자인 독일 소년들과 함께 앉아 있었다. 그사이 에드나에게는 아름다운 젖가슴이 돋았고 곧고 짙은 빛깔의 머리칼이 마치 달리아 라비이스라엘의 여성 영화배우이자 가수처럼 보였다.

에드나는 가장자리에 앉아서 검은 머리 위에 선글라스를 얹은, 뺨에 점이 난 작은 소년과 함께 조용히 이야기를 나누었다. 나는 그녀에게 인사를 했다. 그녀는 그 탁자에 앉아 있던 다른 사람들과 마찬가지로 놀란 듯 나를 올려다보았다. 우리는 짧게 이야기를 나누었고 마지막으로 나는 그녀에게 레코드판을 돌려줄까? 하고 물었다. 그녀는 그런 것 따위는 안중에도 없는 듯했고 마침내 내가 그곳을 떠나자 안도의 한숨을 내쉬었다.

꽤 늦은 저녁시간에 우리집 문 초인종이 울렸다. 에드나였다. 그녀는 생각을 바꾸었다고, 레코드판을 돌려받고 싶다고 했다. 그녀가 거실에서 기다리는 동안 나는 레코드판을 찾으러 갔다. 시간이 오래 걸리지는 않았다. 다시 돌아왔을 때 그녀는 열린 발코니 문가에 서 있었다. 차가운 바람이 집 안으로 들어왔다. 바람 속에서 가을 냄새가 났다.

"산책, 가지 않을래?" 라며 에드나는 내게로 몸을 돌렸다.

나는 어깨를 한 번 으쓱하고는, "그러지 뭐. 사실, 자러 가려고 했거든." 하고 대답했다.

우리는 알스터로 갔다. 추운데도 둘이 벤치에 앉아서 한동안 도시 다른 편을 바라보았다. 그리고 알스터 간이매점으로 가서 차를 마시고는 곧 다시 집을 향해 걸었다. 나는 말을 많이 하지 않았고 에드나는 거의 말을 하지 않았다. 한 번 그녀의 손이 내 손을 스쳤으나 그것은 우연이었을 것이다.

에드나의 집 앞에서 우리는 작별을 했다. 나는 에드나에게 입맞춤을 할지 말지 고심했다. 그땐 내가 거의 모든 소녀에게 입맞춤을 할 때였다. 한번은 심지어 우리 호텔 헤르츠리아에서 롱아일랜드에서 온 내 사촌 여동생인 제시와 하마터면 잠자리를 같이 할 뻔하기도 했다. 그녀를 침대에 끌어들이는 건 간단했기 때문이었다. 하지만 나는 에드나에게 입맞춤을 하지 않은 채 얼른 그 자리를 떠났다. 집으로 돌아와 거실 소파에서 데이비드 보위의 레코드판을 발견했을 때, 그제야 내가 무얼 놓쳤는지가 분명해졌다.

그 뒤, 언제고 그녀와 내가 마주칠 때마다 우리는 서로 이야기를 나누었다. 이미 내가 알고 있었던 것처럼 그녀에게는 문제가 많았다. 하지만 그게 나와 무슨 상관이 있겠는가. 나는 그녀를 거의 동정하지 않았고 또 나는 그런 일에 겁도 나지 않았다. 대부분의 경우 그런 문제를 안고 있는 사람 곁에서 나는 불편했다. 전염이 될까봐 겁이 났던 것이다. 하지만 에드나에게서는 그런 느낌조차 받지 못했고 때때로 그녀에게 전화를 걸어 극장에 같이 갈걸, 하고 생각하기도 했다.

나중에 그녀가 더 이상 함부르크에 살지 않을 때도 우리는 때때로 만나곤 했다. 그녀에겐 더 이상 문제가 없는 듯했다. 그녀는 함부르크에서 열린 내 낭독회에 왔고 뒤풀이에도 따라왔다. 그녀는 언제나 내 낭독회에 왔고 나는 언제나 그녀와 그저 짧게 이야기를 나누었다. 그곳에는 더 중요한 다른 사람들이 있었던 것이다. 그녀는 절대 앞으로 나서는 법이 없었다. 대체로 빨리 사라졌지만 다음 낭독회에 꼭 모습을 보이곤 했다.

한번은 쿠네오함부르크 상파울리 거리에 있는 이탈리아 식당에서 화장실을 나오다 문 앞에서 에드나와 마주쳤다. 그녀는 이미 외투를 걸치고 모자를 쓰고 푸른빛의 두툼한 목도리를 두르고 있었다.

"벌써 가?"

"응."

"섭섭하다."

"응."

"조금 더 있다 가."

"아니."

"그래, 그럼. 잘 지내니?"

"응. 아주 잘 지내."

"그럼 됐어."

그녀는 마치 이 자리에 없다는 듯 미소를 지어 보였는데 그 순간 그녀는 그때 할러 광장에서 테니스 가방을 들고 나를 향해 걸어오던 소녀로 돌아오고 있었다. 우리는 양 볼에 입을 맞추었고 나는 내 자리로 돌아왔다.

그 뒤 에드나와 나는 오랫동안 만나지 못했다. 나는 혹 그녀가 요양소로 되돌아갔는지 아니면 결혼이라도 했는지 혼자서 묻곤

했다. 마지막으로 만났을 때 그녀는 뉴욕에서 실습을 하고 싶다고 했었다. 어쩌면 그곳에 눌러앉았는지도 모른다. 편집부에 앉아서 미국 잡지를 뒤적일 때면 종종 나는 가십난의 사진을 눈여겨보곤 했다. 혹시 에드나의 사진이 있을까 하고. 하지만 곧 그마저 그만두었다.

전축을 버리고 레코드판을 다 팔 때, 나는 그 판들 가운데 에드나의 〈Ziggy Stardust〉가 들어 있다는 걸 잊어버렸다. 단치거 거리에 있던 레코드점에서 일하던 점원이 내가 가져간 박스를 살펴보았다. 그는 검붉은 레코드재킷을 얼른 집어내더니 자기가 가져도 될지를 물었다. 그럼요, 하고 나는 말했으나 몇 주 뒤 두스 만에 가서 나는 그 데이비드 보위의 판을 시디로 샀다. 집으로 돌아와 외투를 벗기 전에 시디를 틀었다. 두 곡 혹은 세 곡 정도 듣고 난 뒤 시디를 껐고 그다지 중요하지 않은 시디들을 쌓아둔 곳에 던져버렸다.

우리가 몇 년 후 다시 만날 때까지 나는 에드나를 거의 잊어버렸다. 함부르크에 있는 유대교당에서였고 새해를 맞이할 무렵이었다. 그녀는 어머니와 함께 위에서 내려왔다. 내가 아버지와 함께 어머니를 기다리고 있을 때였다. 에드나의 눈은 달라져 있었다. 그건 금방 눈에 띄었다. 그녀는 입가와 눈 주위에 고운 주름이 진 여자로 변해 있었다. 새롭고도 다르게 변한 그녀의 눈을 바라보면서 나는 그녀가 나이가 들면서 알게 된 것이 무엇인지

궁금해졌다. 그리고 내 생각이지만 그녀도 그런 내 생각을 짐작하고 있었다.

그녀의 어머니와 나의 아버지는 우리 옆에 서서 어른이 다 된 자기 자식들이 결혼상대자를 언제 만나게 될지 아무 상관이 없다는 듯 굴었다. 우리는 그런 그들 앞에서 다음날 저녁에 만날 약속을 했다.

에드나는 내 책을 읽었다. 그 금지된 책을 말이다.

"나, 그 책 읽었어. 너, 그 책을 아주 빨리 끝냈지?" 그러고는 모두들 그 책에 흥분한 것을 이해할 수 있다고 말했다. "무엇보다 늙은 나치들. 그들이 책에 나오지 않으니까."

에드나는 그전보다 훨씬 유머가 풍부했다. 우리는 밤이면 욕실에 나란히 서서 이를 닦으면서도 웃었고, 싸울 때도, 우리들의 기분을 이야기할 때도, 내가 아는 척하는 것에도 웃었다. 심지어 가까스로 헝가리에서 폴란드로 가는 마지막 운송기차를 탈 수 있었던 그녀의 할아버지와 할머니에 대해서 그녀가 말할 때도 웃었다.

"마치 네가 그 기차 안에 서 있기라도 한 듯한 표정으로 그만 좀 봐." 그녀가 이야기를 마쳤을 때 나는 그렇게 말했다.

"서 있지 않고 앉아 있었어."

"앉아 있는 것과 서 있는 게 그 기차 안에서 무슨 차이가 있지?"

"상상을 좀 해봐. 아우슈비츠로 가는데 허리통증까지 끌고 가려고?"

일요일 아침이었고 우리는 베를린의 내 방 침대에 누워 있었다. 햇살은 침실로 들어와 우리의 벗은 등을 데워주었다.

"지금?" 내가 말했다.

"지금."

"키스하지 말고?"

"키스해야지."

"아니, 키스 없이."

"아니, 키스도."

"없이."

"그래, 좋아."

나는 그녀를 안았고 내가 더 이상 평소처럼 생각에 잠기지 못하자 그녀는 결국 입맞춤을 했다.

"날 속였잖아." 내가 말했다.

"우리, 입이 똑같이 생겼어. 알고 있었어?" 그녀가 물었다.

"우리, 이 일이나 끝을 보고 난 뒤 다른 이야기를 하는 게 어때?"

"아니."

"그래, 좋아. 그래."

"뭐가 그런데?"

"그래. 우린 입이 똑같이 생겼어."

"그런데 왜 계속하지 않는 거야?"

"뭐?"

"계속 안아줘."

우린 거의 주말마다 만났다. 그녀가 베를린으로 오거나 내가 함부르크로 갔다. 만나지 못할 때는 전화를 했다. 하루에도 몇 번씩 전화를 했고 종종 문자 메시지나 이메일을 주고받았다. 나는 몇 년 동안 그렇게 했듯 꽃사진이 든 우편물을 보냈고 그녀는 어릴 때 사진이나 이스라엘에 있는 그녀의 집이나 그녀가 살던 거리가 찍힌 사진을 보내오곤 했다. 언젠가 그녀는 전원에 있는 아름답고 오래된 집의 사진을 시리즈로 찍어 보내주었다. 바이에른이나 스위스, 아니면 영국처럼 보였다. 사진은 언제나 같은 각도에서 찍혀 있었다. 같은 창문에서 바라본 휑한 잔디밭이 있는 공원. 왼쪽과 오른쪽에는 몇몇 늙은 나무도 있었는데 밤나무인지 아닌지 분간이 되지 않았다. 그 사진 안의 공원은 때로는 겨울이었으며 때로는 여름이었다. 아침, 정오, 밤. 때때로 눈이 덮여 있었고 잔디밭이 검은 나뭇잎으로 뒤덮여 있던 적도 있었다. 나는 에드나에게 묻지 않고도 그곳이 어디인지 알았고 그녀도 내가 알고 있다는 것을 알았다.

어느 날 에드나가 말했다.

"아리엘, 난, 잘 모르겠어, 우리 관계를 청산할 수 있을지."

"알아."

"나, 해내고 싶어."

"알아, 에드나."

"그런데 당신이 그러지 못하면 어떻게 돼?"

"당연히 그럴 수도 있지."

"아니, 아리엘, 당신은 해낼 거야."

"정말, 그렇게 생각해?"

"어제 네타냐후이스라엘 총리와 외무장관, 재무장관을 지낸 초강경 우파의 대표적인 인물가 BBC에 나왔어."

"에드나, 뭐라고 말했어?"

"네타냐후."

"그런데?"

"난, 네타냐후가 섹시하다고 생각해."

"에드나, 넌 그 사람 좋아하지 않는 줄 알았는데."

"맞아. 하지만 그는 자기가 무얼 하고 싶은지 알잖아. 다른 사람이 뭐라고 생각하든 꿈쩍하지 않고."

우리는 함부르크 시내를 걸었다. 비가 조금 오더니 멈추었고 해가 나왔다. 여기저기 상점 진열장 유리로 햇빛이 반사되어 들여다보고 있으면 어찌나 눈이 부신지 눈을 깜빡거려야 했다.

나는 에드나를 노이발에 있는 그녀의 사무실까지 데리러 갔다. 에드나가 동료와 함께 있는 걸 볼 때면 늘 좀 껄끄러웠다. 에드나는 동료들과 있을 때도 나와 있을 때처럼 웃었고 농담도 했다. 덩치 크고 진지해 보이는 동료들은 그녀의 농담을 얼마나 이상하게 받아들였을까? 그녀는 그걸 알아차리지 못했다. 나중에 우리가 갈레리아 백화점에 있는 담배 가게에서 그날 첫 담배를 같이 피우며 그 느낌을 말하자 그녀는 "그럼. 당연히 나도 알지. 당신은 꼭 바보 같아." 라고만 대꾸할 뿐이었다. 그런 다음 "오늘 우리 뭘 할까?" 라고 말꼬리를 돌렸다.

우리는 대성당으로 갔다. 사실, 우리는 대성당을 끔찍하다고 여겼으나 "그래도 우린 이곳에 사니까." 라고 에드나는 차 속에서 말했다. 그곳에서 그녀는 장난감 총 놀이를 딱 한 번만 하고 집으로 가고 싶어 했다. 총을 쏘기 전에 숨을 들이쉬면서 숨을 멈추면 비껴 쏘는 일이 없다고 그녀는 말했다. 그녀는 매번 과녁을 맞혔으나 그걸로 딴 오렌지 빛이 나는 물고기인형을 갖고 싶어하지는 않았다.

그다음은 내 차례였다. 나비가 있었다. 그녀는 나비를 좋아했다. 그녀의 집에는 박제된 나비가 든 몇몇 유리곽이 아직도 있었다. 나는 그녀를 위해 나비를 따고 싶었다. 숨을 깊이 들이쉬었다. 숨을 멈추고 총을 쏘았다. 하지만 맞히지 못했다. 다섯 번, 열 번, 그러고는 신경이 날카로워졌으나 도저히 멈출 수가 없었다.

"당신이 헬리콥터 사격수였다면 하마스 그룹 반이 아직 살아 있을 거야." 라고 에드나는 말했고 "아가씨, 젊은 아가씨치고는 대단히 전투적이네요." 라고 앞니가 두 개나 빠진, 총알을 장전해주던 나이 많은 남자가 그녀에게 말했다.

"제가 못 할 말을 했나요?"

"아니, 아주 유쾌한 말이었소."

"아저씬 진짜 사나이네요."

둘은 그런 말을 주고받으며 함께 웃었다.

"그만 좀 해요. 지금 나, 집중하는 중이라고요." 내가 말렸으나 둘은 계속해서 시시덕거렸고 드디어 나는 목표물을 관통할 수 있었다.

내가 에드나를 위해 딴 나비는 그리 큰 놈이 아니었다. 털과 철사로 만들어졌고 누런 잿빛의 날개에다 뒤에는 옷핀 같은 게 달려 있었다. 에드나는 나비를 자기 외투에 꽂으며 내 빰에 입을 맞추고는 팔짱을 꼈다. 우리는 대성당을 급히 지나서 그녀가 차를 세워둔 곳으로 갔다. 주변은 매우 시끄러웠다. 사방에서 독일 대중가요와 힙합음악이 들려왔다. 젊고도 슬픈 사람들은 작은 무리를 지어 서로 밀면서 지나갔고 우리 주위에 켜진 천 개의 등불로도 그 모든 것은 나아지지 않았다.

갑자기 에드나가 멈추어 서더니 누군가에게 인사를 했다.

"안녕." 내 나이쯤 되어 보이는 사내가 에드나의 인사에 답했다. 구불거리는 검은 머리칼에, 내가 쓴 뿔테안경보다 약간 크지만 똑같이 생긴 안경을 쓰고 있었다. 마치 나를 복사해서 만든 독일인처럼 보였다. 나는 놀랐다. 그의 옆에는 자그맣고 매우 귀여운 금발머리가 친절한 미소를 띠고 서 있었다.

"세바스티안이야." 에드나가 말했다. 그녀는 헛기침을 했다. 그런 다음 나를 가리키며, "여기는 아리엘." 하고 소개했다.

"나는 인켄이야." 금발머리가 말했다.

"인켄?" 나는 의아한 듯 물었다.

"그래. 인켄."

우리는 잠시 침묵했다. 드디어 세바스티안이 말했다. "여긴 에드나."

"나 알아." 인켄이 말했다.

"그래?" 에드나가 말했다.

"응."

"구경 많이 했어?" 에드나가 물었다.

"우린 이제 막 왔어."

"우린 이제 가려고."

"오늘 뭐 다른 계획 있어?"

"글쎄."

다시 짧은 침묵.

"너를 여기서 보다니." 세바스티안은 그렇게 말하면서 얼굴을 붉혔다.

"그럼 즐겁게 보내." 에드나는 그렇게 말하고 내 팔을 끌었다.

"그래, 너희들도." 인켄이 대꾸했다. 세바스티안은 아무 말도 하지 않았다.

"그럼 즐겁게 보내?" 에드나의 집으로 달리는 차 안에서 드디어 나는 그렇게 말했다. 웃으며 말했지만 속으론 언짢았다. 마치 거짓말을 하지 않아야 하는데도 거짓말을 한 것처럼.

에드나는 대답하지 않았다. 앞만 보고 거리를 달렸다. 하지만 나는 그녀의 눈동자에 무엇이 씌어 있는지 알았다. 마침내 그린델호프에 있는 큰 신호등에 이르러서야 그녀는 일그러지듯 웃으며 내게로 몸을 돌렸다. 그리고 말했다. "오늘밤 총 놀이, 아직 끝나지 않았어, 야차비비아랍어로 '늙은 소년'이라는 뜻으로 친한 사이에 서로를 부를 때 쓰는 말."

대략 한 달 뒤에 그녀는 사라졌다. 금요일 오후에 그녀는 베를린으로 오기로 했으나 아침에 전화를 해서는 조금 늦게 출발한다고 했다. 그녀의 목소리는 불안해 보였으나 그건 나중에 내가 그렇게 추리한 것인지도 모른다. 나는 이른 저녁까지 그녀를 기다리다가 프리드리히하인 시민공원으로 갔다. 풀밭에 앉아 담배를 피우며 내 또래 남자 몇이서 축구하는 것을 보았다. 그해 들어 처음으로 맞이하는 진짜 따스한 저녁이었다. 바닥은 차갑지도 축축하지도 않았다. 어둠도 천천히 내려왔다. 어느새 나는 잠이 들었다. 깨어보니 주위는 컴컴했고 공원에는 나 혼자뿐이었다. 나는 핸드폰을 들여다보았다. 아무 소식도 없었다. 나는 담배를 한 대 더 피우고 천천히 집으로 갔다. 그곳에도 에드나는 없었다.

이튿날 나는 아주 일찍 잠에서 깨어났다. 언제나 그렇듯 아무

꿈도 꾸지 않았다. 그런데 아직 베개에 머리를 대고 깜빡 조는 사이, 나는 에드나를 보았다. 그녀는 차를 달리고 있었다. 좁고 그늘진 시골길이었다. 그녀는 눈을 감고 〈Ziggy Stardust〉를 크게 듣고 있었다. 그녀는 우리가 가져보지 못한 우리의 딸처럼 보였다. 이 순간, 나는 살기를 멈추어야 한다고 생각했다. 나는 어떻게 죽을 것인지를 잠깐 궁리하다가 재빨리 일어나 목욕탕으로 갔다. 오래 면도를 했고 서서 아침을 먹었으며 이날, 평소보다 두 쪽가량 글을 더 썼다.

나는 에드나를 찾지 않았다. 단 한 번도 전화를 하지 않았고 누구에게도 그녀에 관해 묻지 않았다. 그녀의 어머니 라드바니 여사에게 물을 수도 있었다. 하지만 몇 달 후 하케셔마르크트에서 에드나의 어머니와 마주쳤을 때 나는 아무것도 묻지 않았다. 그녀는 이스라엘에서 온 친척과 함께 베를린을 방문하고 있는 중이었다. 나이든 부부였는데 육십 년 만에 베를린을 다시 보고 싶어 했다. 우리는 옛 베를린과 지금 베를린에 대해서 이야기를 나누었다. 그런 다음 에드나의 어머니는 내 다음 책이 언제 나오는지 물었다. 물론 그녀나 내가 원하기만 했으면 에드나의 어머니는 딸 소식을 내게 전했을 것이다. 잘 지내는지, 아니면 세바스티안과 사귀고 있는지, 아니면 전혀 다른 사람과 만나는지, 아니면 혼자인지, 그 무엇이든 말이다. 하지만 그녀는 딸 이야기를 내게 하지 않았다.

헤어지기 전 라드바니 여사가 내 팔을 잡으며 말했다. "안됐어, 아리엘."

"아버님께도 안부 전해주세요. 정말요." 내가 말했다.

"그래볼게. 아직은 이따금 사람들이 하는 말을 이해할 때도 있기는 하네. 하지만 그것도 점점 줄고 있어."

"어떡해요. 정말 마음이 안 좋네요."

"걱정하지 말게. 내 남편, 잘 지내고 있어."

그녀는 헤어지면서 내게 입맞춤을 했고 나는 나이든 이스라엘 부부에게 악수를 청했다. 부인은 아주 작았고 짧고 흰 머리칼에 갈색의 늙은 얼굴을 하고 있었다. 그녀는 신경이 곤두선 듯 보였고 그리 매력적이지도 않았다. 그녀 남편이 나았다. 그는 부인과 엇비슷한 키에 부인처럼 숱이 많고 짧은 흰 머리 그리고 어두운 갈색의 얼굴을 하고 있었으나 그녀와 달리 호기심 어린 표정으로 나를 바라보았다. 도시고속전철역 앞 광장에서 군중들 사이로 사라지기 전 남자는 나를 돌아보았다. 그가 손을 흔들었고 나도 손을 흔들어 보였다.

아름답고 깊고 복합적인,
그러나 짧은 사랑의 순간을 위하여

나는 다만 들려주고 싶다. 두 사람 사이에 생겨나는 한순간이 얼마나 아름답고 깊으며 또한 얼마나 복합적인가, 하는 것을.

막심 빌러의 어떤 인터뷰에서

당신이 만약 삼십대에서 오십대 사이라면, 그리고 도시에서 살고 있다면? 몇 번의 실패한 사랑을 했고 아직도 사랑을 할 수 있을 것 같다면? 그런 당신이 저녁이 찾아오는 도시의 거리에 서 있다면? 돌아갈 집에는 불이 꺼져 있고 돌아가면 당신을 반겨주는 것은 배고픈 고양이 한 마리뿐이라면?

혹은, 이혼한 전처나 전남편이 보낸 생일축하 카드나 헤어진 연인이 휴가지에서 보내온 엽서만이 당신을 기다리고 있다면? 당신이 지나온 나날에는 많은 정치적인 격변이 있었고 아직도 당신은 그 역사적인 부채로부터 자유롭지 못한데 삶과 사랑이 그 역사보다 더 많은 그림자를 드리우고 당신의 삶 앞에서 어른거린다면?

아니라면, 당신은 저녁에 학원에 간 아이들을 기다리며 혼자 거실에서 텔레비전을 보고 있다고 생각해보자. 남편은 언제나 늦게 돌아오며 학원을 가기 전 아이들이 먹었던 저녁상은 치우지 않았는데 갑자기 텔레비전에서 아주 오래전에 들었던 사람의 노래가 나온다. 그때 당신은 어떤 느낌을 가질까?

혹은, 이런 경우는 어떨까? 당신은 독신이며 화가인데 그림은 팔리지 않고 당신은 나이를 먹고 있다. 느릿느릿 혼자 저녁을 먹고 돌아오는 길, 누군가 핸드폰을 들고 길 한쪽 구석에서 전화를 하고 있다. 들으려고 하지는 않았으나 들려오는 전화의 내용. 그래, 기다리지 마, 더 이상 안 된다고 했잖아…. 그때 당신은 어쩌면 십여 년 전에 매몰차게 떠나보냈던 연인을 떠올릴지 모르겠다. 슬그머니 주머니 속에 든 전화기를 만지면서 더 이상 그 사람의 번호가 당신의 기계 속에 입력되어 있지 않음을 깨달으면서.

살아가는 한 우리에게는 사랑의 순간이 있었다. 막심 빌러의 『사랑하기 위한 일곱 번의 시도』는 그런 이야기이다. 삶의 순간순간을 지나가는 사랑, 삶을 열어주는 사랑, 삶을 닫아버리는 사랑.

막심 빌러는 자신을 참 많이도 발설하는 작가라고 나는 이 책을 번역하면서 적어도 그렇게 생각했다. 이 스물일곱 개의 짧은 이야기 속에 등장하는 인물들은 작가 자신이거나 작가와 비슷한 인물들이다.

올해 그의 장편소설 『에스라』가 타인의 사생활을 너무나 적나라하게 드러내었다는 이유로 출간 금지 판정을 받고 난 뒤 그런 생각은 더 간고해졌다. 막심 빌러를 고소한 사람은 두 여인. 그 가운데 한 명은 그의 옛 여자친구이고 다른 한 명은 그 옛 여자친구의 어머니였다. 이러한 판결을 대법정에서 받음으로써 막심 빌러의 문제는 문학 속에서 표현의 자유라는 문제를 독일 인텔리겐치아 사회에 다시 제기하게 만들었다. 귄터 그라스나 엘프리데 옐리네크 등 수많은 작가들이 이 판결에 반대하는 서명에 참가했고 영화배우, 감독, 문학저널리스트, 평론가 등도 그 물결에 합세했다. 그러나 『에스라』는 출간 금지되었고 문학 속에서 표현의 자유 문제는 해결되지 않은 채 지금까지 논란을 일으키고 있다.

그런데 번역이 끝나고 윤문을 시작하면서 나의 생각은 달라졌다. 그렇게 자신을 많이 발설하는데도 막심 빌러의 이야기들은 그의 이야기가 아니었다. 그의 변종들의 이야기일 뿐이었다. 1960년대에 태어난, 도시에서 삶을 살고 있는, 유목민도 정착민도 아닌 많은 이들의 불우한 사랑이야기. 작가는 자신을 발설하면서 발설 뒤에 자신을 철저히 숨긴다는 생각. 한 작가의 세계는 그 작가 자신이 아니라 그 작가가 만들어낸 세계라는 고전적인 아포리가 명명백백해지는 순간을 나는 다시 막심 빌러의 책 번역을 마치며 경험했다.

막심 빌러는 1960년 프라하에서 태어난 러시아계 유대인이다.

제2차 세계대전과 유대인 학살을 직접 겪지는 않았으나 태어나면서부터 그 일을 직접 겪은 부모로부터 '독일인'과 '유대인'에 대한 이야기를 듣고 자란 유대인 세대에 속한다. 열 살 때 부모를 따라 하필이면 독일로 오게 된 막심 빌러는 저널리스트대학을 다녔고 저널리스트로 활동하다가 소설집 『언젠가 내가 부자이고 죽었을 때』를 발표하면서 작가가 되었다. 그의 소설이 발표되자 독일 평단은 "유대인 문학이 독일로 다시 돌아왔다"고 평가했다. 그 후 막심 빌러는 때로는 짧은 이야기들을, 때로는 장편소설을 발표하면서 독일 문단에 유대인과 적절한 거리를 유지하는, 혹은 유대인이라는 존재를 비판적으로 응시하는 그러면서도 유대인이라는 자신의 정체성을 끌어안고 사는 작가 초상을 보여주었다. 그만의 독특한 시니컬한 입담, 자신이 직접 작곡하고 부른 노래를 유튜브에 올릴 만큼 대중과의 접촉을 두려워하지 않는 태도들은 독일 문단에 신선한 바람을 불어넣어주었다.

『사랑하기 위한 일곱 번의 시도』는 독일 현대사에서 아직도 문제의 핵이 되고 있는 유대인의 역사와 같은 거대 문제가 중심에 놓여 있지는 않다. 이 책의 중심에 놓여 있는 것은 '엇갈린 사랑' 혹은 '이루지 못한 사랑' 혹은 '이기적인 나'와 '이기적인 당신'이 서로 싸우고 엇갈리고 지루해하고 그리워하는 아주 섬세한 나노nano의 세계이다. 이 세계에서 포착된 순간들은 자세히 들여다보지 않으면 흔한 그저 그러한 세계이나 자세히 들여다보면, 잡히는 무언가가 있다. '순간'이다. 뺨에 누군가의 입술이 스쳤던 순간, 후두둑, 빗방울이 콧등 위에 떨어지던 순간, 새로 나온 산딸기 하나를 혀로 가져가던 순간, 당신이 누군가로부터 등을 돌릴 때 그 누군가의 눈썹이 파르르 떨리던 순간, 순간들. 그 순간들을 우리는 생애에 몇 개 정도 잊히지 않은 그림으로 가지고 있는가?

유치원에서 만났던 소녀(「사랑하기 위한 일곱 번의 시도」), 어릴 때 한 동네에서 자랐던 두 사람은 살아가면서 일곱 번, 서로 사랑을 하기 위한 시도를 하나 결국은 실패한다. 마지막 시도가 끝나고 떠나갈 때 여자는 울면서 간다.

건축가가 지은, 이웃이 훤히 들여다보이는 건물에 사는 두 연인(「건축가」). 엘리베이터 안에서 남자는 여자의 손이 건축가의 손을 잠시 어루만지는 것을 목격하게 된다. 그 순간, 남자는 가야 할 방향을 잃어버린다.

이혼을 한 어떤 남자, 딸아이가 그의 생일날 방문을 한다(「아비바의 등」). 아이는 아버지가 다른 여자를 만나는 것을 싫어한다. 그날 남자의 새 연인이 그를 방문한다. 생일선물을 들고 있다. 새 연인 역시 과거의 남자와 아직 관계를 청산하지 않은 상태. 두 사람 사이에 엇갈리는 미묘한 감성들. 여자는 생일선물을 남기고 간다. 생일선물은 남자가 가장 싫어하는 한 사진작가의 사진첩.

역시 어릴 때부터 알고 지내던 여자(「Ziggy Stardust」), 오랜 세월이 흐르고 난 뒤 다시 만나게 되는 두 사람. 그러나 여자에게는 다른 연인이 있었고 어느 날 문득 여자가 오겠다던 시간에 오지 않자 남자는 알아차린다, 사랑이 끝났다는 것을. 그 순간들 사이에 흐르는 음악이 데이비드 보위의 노래이다.

엇갈리고 불화하면서도 옆에 없으면 초조하고 있으면 싫증이 난다. 서로가 서로를 떠나가도 어떤 식으로든 이어지는 인연. 그 인연은 사랑의 시간에 만들어진 순간들 속에서만 살아간다. 그런데 그 사랑하는 사람들은 속물적이고 이기적이며 때로는 강박증에 시달리며 때로는 질투를 하고 사랑을 이어가기 위해 얼마간은 비열한 꾀를 생각해내기도 한다. 그들은 도시라는 공간에 살며, 그들은 고향을 잃어버린 자들이며, 그들은 자신을 속이는 일에 능수능란하다. 사랑? 그들에게 사랑은 무엇일까? 그것을 탐구하는 것이 바로 이 소설집일 것이다. 이 글의 서두에 인용한 그의 인터뷰는 그것을 잘 말해준다.

나는 다만 들려주고 싶다. 두 사람 사이에 생겨나는 한순간이 얼마나 아름답고 깊으며 또한 얼마나 복합적인가, 하는 것을.

사랑하는 자들이여, 그대들에게 축복 있으라. 불우한 사랑의 역사를 살고 있는 우리 모두에게 축복 있으라.

2008년 여름 뮌스터에서

허수경